GULLIVER

Collection dirigée par
Stéphanie Durand

Robin Sylvestre n°2

La Petite Serre des horreurs

Catalogage avant publication de Bibliothèque et Archives nationales du Québec et Bibliothèque et Archives Canada

Drouin, Véronique
La petite serre des horreurs
(Robin Sylvestre ; no 2)
(Gulliver ; 189)
Pour les jeunes.
ISBN 978-2-7644-0982-4
I. Titre. II. Collection: Drouin, Véronique. Robin Sylvestre no 2.
III. Collection: Gulliver jeunesse ; 189.
PS8607.R68P47 2011   jC843'.6   C2011-940846-5
PS9607.R68P47 2011

Conseil des Arts   Canada Council
du Canada   for the Arts

SODEC
Québec

Nous reconnaissons l'aide financière du gouvernement du Canada par l'entremise du Fonds du livre du Canada pour nos activités d'édition.

Gouvernement du Québec – Programme de crédit d'impôt pour l'édition de livres – Gestion SODEC.

Les Éditions Québec Amérique bénéficient du programme de subvention globale du Conseil des Arts du Canada. Elles tiennent également à remercier la SODEC pour son appui financier.

L'auteure remercie le Conseil des Arts du Canada pour son soutien financier.

Québec Amérique
329, rue de la Commune Ouest, 3e étage
Montréal (Québec) H2Y 2E1
Téléphone : 514 499-3000, télécopieur : 514 499-3010

Dépôt légal : 3e trimestre 2011
Bibliothèque nationale du Québec
Bibliothèque nationale du Canada

Projet dirigé par Stéphanie Durand
Révision linguistique : Diane-Monique Daviau et Chantale Landry
Conception graphique : Célia Provencher-Galarneau
Illustrations : Véronique Drouin

Imprimé au Canada

VÉRONIQUE DROUIN

Robin Sylvestre n°2

La Petite Serre des horreurs

Québec Amérique

Robin Sylvestre

Âge :
13 ans

Signe astrologique :
Lion ascendant petit maigrichon

Lieu de naissance :
Quelque part en Afrique

– Il ne connaît pas beaucoup son père, un humaniste qui parcourt le globe.

– Il vit avec sa mère, Esther, son beau-père, Richard et la fille de celui-ci, Laurie, âgée de cinq ans.

– Robin souhaite suivre les traces de Célestin, son grand-père guérisseur et celui qui lui a appris le dialecte des fées.

– Il porte souvent des chemises pour se donner l'air plus vieux et affectionne particulièrement sa vieille casquette des Expos, seul souvenir de son père.

Lila

Âge :
83 ans (mais en paraît 15 !)

Lieu de naissance :
Un œuf dans la vallée de Leanan, Île d'Adalbon
(Endroit Top secret ; P.-S. ne le cherchez pas sur une carte)

Taille :
20 cm (ailes comprises)

Espèce :
Libelline

– Elle guérit les pathologies du système immunitaire.

– Sa peau est mauve et iridescente, ses yeux noirs et son caractère explosif !

– Les chiens la repèrent grâce à leur odorat.

– Elle a été investie d'une mission par Célestin Sylvestre et Nolana Pavel : découvrir qui est à la source du trafic des fées...

Brindille

Vraie identité :
Mia Brindamour

Âge :
13 ans

Signe astrologique :
Capricorne ascendant karatéka secrète

Caractéristique particulière :
Cicatrice sous son œil droit

- Ceinture noire de karaté, elle a remporté de nombreuses médailles.

- Presque personne ne sait que plus jeune, elle était une ballerine au talent très prometteur.

- Elle se dissimule toujours sous des vêtements informes et ne parle jamais de l'agression qui lui a laissé une balafre sur le visage.

- Son chien est un caniche royal noir nommé Réglisse.

Caboche

Vraie identité :
Joël Lapierre

Âge :
13 ans

Signe astrologique :
Scorpion ascendant tyran du quartier

Passe-temps favori :
Bousculer les jeunes du primaire

– Même si sa situation familiale est difficile, il ne la mentionne que rarement.

– Il a un étrange sens de l'honneur et ne trahirait jamais un ami.

– Son père a déjà fréquenté la mère de Robin ; ainsi Caboche considère Robin comme un frère.

– Ses poches contiennent toujours des pétards et des allumettes.

– Il possède un rat nommé Hector.

— Pssst ! Lila !

Robin approcha le visage du livre qui servait de paravent à la chambre aménagée pour Lila. La petite pièce, digne d'une maison de poupée, était située sur la plus haute étagère du garde-robe, à l'abri des regards indiscrets.

Puisqu'il n'obtenait aucune réponse, il repoussa le bouquin, un vieil album de contes aux images jaunies, et scruta le repaire. Robin ne distinguait de la fée, couchée sous sa douillette rose, qu'une tignasse noire hirsute de laquelle pointaient de longues oreilles mauves. À côté du lit, un cube Rubik servait de table de chevet et un dé à coudre, de verre d'eau. Dans un coin, un coffre de métal était rempli de vêtements de taille minuscule; Robin avait bien dû dépenser cinquante dollars pour satisfaire les caprices vestimentaires de *Madame*... Par chance, il avait l'excuse d'avoir une jeune demi-sœur pour justifier ces achats auprès du vendeur du magasin de jouets.

— Lila! répéta-t-il.

La couverture remua et la fée grogna, irritée d'être tirée du sommeil. Elle déploya les bras, s'étira et bâilla à s'en décrocher la mâchoire. Les yeux noirs bouffis, elle dévisagea Robin, les sourcils froncés.

— Quelle heure est-il pour l'amour de Titania?

Elle consulta la vieille montre de Scooby-Doo qu'elle avait accrochée au mur à l'aide d'une punaise : les pattes du grand danois indiquaient 6 h 32.

— Laisse-moi dormir ! Et retournes-y, toi aussi ! Est-ce que tu t'es vu dernièrement ? Tu es plus cerné qu'un raton laveur !

— Lila, j'ai besoin de toi ! J'ai un examen de maths ce matin et… euh… Tu ne pourrais pas me donner une petite fièvre ?

Si Lila avait la capacité de guérir les humains, elle avait aussi le pouvoir de leur causer toutes sortes de petites maladies désagréables. Et pour Robin cela s'avérait souvent fort utile…

— Robin, c'est la troisième fois ce mois-ci ! Ces « petites fièvres » ne doivent pas devenir une échappatoire récurrente ! Je vais finir par te rendre vraiment malade ! vociféra la fée.

— Mais je n'ai pas eu le temps d'étudier ! Avec la boutique de Célestin et les livraisons, je n'ai plus de temps pour rien!

— C'est pour cela que tu as joué au basket jusqu'à neuf heures hier? répliqua Lila. Pour la fièvre, c'est non!

— Tu ne peux pas me faire ça! Une dernière fois, Lila, je t'en prie! implora Robin.

— C'est un non absolu! Oublie-moi et va bouquiner pendant les quelques minutes qui te restent avant l'examen!

Lila replaça le paravent devant son havre et retourna se coucher. Contrarié, Robin pinça les lèvres et descendit en ronchonnant de l'escabeau où il était juché.

— Maudite chipie! grommela-t-il.

— J'ai entendu ça! La prochaine fois, je vais te donner un urticaire sévère!

Robin roula les yeux au ciel et avec un soupir, il regagna son lit. Son livre de mathématiques ouvert sur les genoux, il tenta d'emmagasiner le plus de matière possible mais le sommeil le rattrapa bien vite…

▲ ▼ ▲

Mia Brindamour, alias Brindille, refermait la porte de sa case quand elle fut bousculée.

Elle allait riposter quand elle vit Robin attaquer nerveusement son cadenas plus loin. Ses cheveux étaient en bataille, un pan de sa chemise pendait de son jean fripé et les lacets de ses espadrilles étaient défaits, comme s'il avait affronté un ouragan avant d'entrer dans l'école.

Brindille croisa les bras, sourire aux lèvres. Depuis qu'elle ne se cachait plus en permanence sous son capuchon, la svelte jeune fille avait perdu son air revêche malgré la cicatrice qui courait sous son œil.

— Bonjour à toi aussi, Robin, lança-t-elle.

— Excuse-moi, Brindille ! Je me suis levé en retard ! En plus, j'ai un test dans cinq minutes et je n'ai pas étudié !

— Ce n'est rien de nouveau, railla-t-elle. Tu devrais te ménager, tu as l'air crevé.

Robin appuya le front contre le métal froid de la porte et souffla.

— Oui, je sais. Peut-être que je ne suis pas à la hauteur de ce que Célestin m'a demandé.

— Qui le serait? approuva Brindille. En plus de ça, je gage que tu t'es encore fait prendre à rédiger le travail de français en entier parce que tu es en équipe avec Bianca.

Robin détourna les yeux.

— Eh bien, non… euh… elle participe un peu.

Brindille secoua la tête, exaspérée.

— Cette fille se fout de toi, Robin.

— Pourquoi dis-tu ça? Elle est toujours gentille et…

— Est-ce que vous sortez officiellement ensemble?

— Non.

— Dans ce cas-là, elle se fout de toi.

Robin clôt le sujet d'un geste agacé de la main.

— Et toi, pourquoi t'es-tu placée avec Caboche pour la recherche?

— Parce que j'ai perdu la dernière partie de basket et que c'était le pari, maugréa Brindille avec une grimace.

— Il est si mauvais que ça en français? s'esclaffa Robin.

En guise de réponse, Brindille haussa les épaules : si seulement elle pouvait se plaindre que Caboche était un abruti complet… Elle était beaucoup trop intègre pour mentir sur les capacités de son coéquipier.

À ce moment, la cloche annonçant le début des cours résonna. Robin se passa une main lasse dans les cheveux avec l'air d'une bête se dirigeant à l'abattoir. Brindille lui secoua gentiment l'épaule.

— Bonne chance ! Mais un petit conseil si tu veux garder ta santé mentale : il serait peut-être temps que tu te prennes un peu en main, Robin Sylvestre !

▲ ▼ ▲

Le visage dans l'ouverture du sac à dos, Lila inspecta la classe silencieuse. Les élèves étaient tous penchés sur leur examen, concentrés et fébriles. Certains, comme Robin, se rongeaient les ongles alors que d'autres pianotaient des doigts. Les seuls bruits étaient ceux des pointes de crayons valsant sur le papier et les cliquetis des touches de calculatrice qu'on enfonçait avec plus de vigueur que nécessaire.

La fée s'extirpa du sac, prenant soin de demeurer dissimulée sous le pupitre. Tous fixaient leur feuille, alors personne ne regarderait dans sa direction si elle était prudente. Elle remonta la rangée de bureaux, contournant les jambes croisées, les genoux qui claquaient et les talons qui tressautaient.

Même si elle avait refusé de l'aider plus tôt, cette fois Lila n'avait su résister. Robin était vraiment dans le pétrin. Comme toutes les autres fois d'ailleurs. Il n'avait pas entendu son réveil, s'était levé trop tard et, pris de panique, était venu la supplier de l'aider avec un air de chien battu. Et voilà maintenant qu'elle se faufilait parmi de jeunes humains qui risquaient de la découvrir.

Une chaussure frôla une de ses ailes et elle retint son souffle, adossée à la patte d'une chaise. Elle pressa le pas et parvint au fond de la classe. Là, elle hésita : où Robin avait-il dit que l'élève brillant était assis ?

La fée inclina la tête. À droite, il y avait un garçon costaud avec une veste de cuir élimée et une casquette de travers ; à gauche, c'était un maigrichon avec des lunettes démesurées pour sa figure grêle. Lila réfléchit un instant. Sans l'ombre d'un doute, ce devait être celui de gauche… L'autre ressemblait à un gorille !

Lila s'élança sous le pupitre voisin et grimpa le long de l'assise, escalada le dossier et se hissa sur la pointe des pieds pour épier par-dessus l'épaule du jeune génie qui lui livrerait les réponses à l'examen.

À l'aide d'une mine de plomb entourée d'un morceau de papier adhésif – un crayon de fortune que Robin lui avait confectionné – et d'un bout de papier qu'elle avait enroulé à sa ceinture, la fée s'appliqua à retranscrire méticuleusement les formules sous ses yeux, même si elle n'y comprenait rien. Afin de voir jusqu'au bas de la feuille, la fée battit un peu des ailes. À ce moment, le garçon sur qui elle copiait agita la main près de son oreille, sans doute convaincu qu'il était assailli par une mouche. Lila effectua un vol plané et atterri sur l'omoplate du primate plus loin. Celui-ci sursauta et donna une violente claque dans son dos pour chasser l'insecte imaginaire. Étourdie, Lila chuta dans son sac à dos.

Elle se relevait en vacillant quand une grosse main menaça de s'abattre sur elle. Une voix grave teintée de reproche arrêta ce geste.

— Monsieur Bigras, qu'est-ce que vous faites ?

— Euh… je…

Son précieux papier en main, Lila en profita pour quitter ce lieu hasardeux en catimini et cheminer le plus rapidement possible. Lorsqu'elle crut être rendue sous le bon pupitre, elle se rendit compte qu'elle n'était plus dans la bonne rangée; Robin était de l'autre côté de l'allée !

Comment allait-elle traverser sans être repérée ?

Elle murmura une incantation et, l'index rougeoyant, elle souleva le bord du pantalon de la jeune fille assise au-dessus d'elle et l'aiguillonna. L'adolescente réagit vivement. Elle se dressa avec un hurlement digne d'une diva de films d'horreur.

Les visages ahuris se tournèrent vers elle.

— Voulez-vous bien me dire ce qui se passe ici ? s'écria le professeur pour enterrer le vacarme.

— Je… j'ai été piquée par quelque chose ! bredouilla la fille.

— Il n'y a pas d'insecte mortel dans cette école ! Compris ? Et il ne reste que dix minutes avant que je reprenne vos copies !

Lila vola alors sous le bureau de Robin, incognito, et s'accrocha à sa jambe. Saisi, le garçon sursauta. Le professeur remarqua ce tressaillement. Arrivé à la hauteur de Robin, le professeur croisa les bras et se racla bruyamment la gorge. Sans comprendre, Robin baissa les yeux.

Sur sa cuisse reposait une feuille couverte d'une écriture en pattes de mouches qui recelait des formules mathématiques.

Agrippé au guidon de son vélo, Robin pédalait à une vitesse effrénée, la sueur s'échappant de sa casquette pour rouler le long de ses joues. Le soleil du début d'octobre était encore chaud et plombait sur l'asphalte en cette fin d'après-midi humide.

Robin bifurqua vivement à l'embouchure d'une ruelle étroite. À cause de la vitesse, la roue de sa bicyclette se coinça dans la grille d'une bouche d'égout. Le garçon exécuta alors une spectaculaire culbute et se retrouva à plat ventre sur le sol.

— Hé, crétin, regarde où tu vas ! vociféra Lila dans son sac à dos.

Le coude éraflé et les genoux douloureux, Robin se releva péniblement.

— Bien fait pour toi, Lila, après le coup que tu m'as fait ce matin.

La fée ouvrit la fermeture éclair et sortit la tête du sac.

— Ne me blâme pas, Robin Sylvestre ! Tu m'as confié une mission que j'ai exécutée au meilleur de mes connaissances. S'il y a des dommages collatéraux, ce n'est pas mon problème !

— Le prof a annulé mon examen même s'il n'y avait que des mauvaises réponses sur ta feuille ! Tu devais copier sur Bigras, pas sur l'autre !

— J'ai choisi celui qui avait l'air le plus intelligent… même si ce n'était pas évident !

Robin redressa son vélo et se dirigea en claudiquant vers la porte qui se découpait dans une clôture de bois grisonnant. Dès qu'il ouvrit, il remarqua que Joël Lapierre, alias Caboche, l'attendait de pied ferme près de l'arrière-boutique du « Mélange magique ». Depuis le départ de Célestin, le garçon costaud avait délaissé son rôle de tyran du quartier pour aider à la boutique.

— Tu es en retard, mon gars ! lui reprocha Caboche.

— Ouais… Eh bien, j'avais deux livraisons à faire après l'école. Tu avais inversé les formules de Mme Perrault et de M. Paquin hier ! rétorqua Robin. Mme Perrault était pleine de rhumatismes mais d'une humeur

exaltée et M. Paquin passait son temps à grogner mais il avait entrepris un ménage de printemps dans son appartement !

Les poings sur les hanches, Caboche pinça la bouche.

— Hé, demi-portion, je ne me suis pas trompé parce que c'est toi qui as préparé les paquets ! J'ai livré aux adresses que tu m'as données !

Robin réfléchit. Caboche avait peut-être raison même s'il était trop orgueilleux pour l'admettre… Il déverrouilla la porte arrière du magasin et les deux garçons pénétrèrent dans le local sombre. Aussitôt entrés, Lila se libéra de sa cachette et virevolta dans la pièce : c'était le seul endroit où elle se déplaçait librement sans se soucier de personne.

— Si tu veux que je continue à te donner un coup de main avec tes livraisons, il va falloir que tu arrêtes de me mettre tes fautes sur le dos, ronchonna Caboche.

— Ça va, ça va ! répondit Robin.

— Est-ce que cette brute est encore en train de te persécuter ? s'enquit Lila en fixant sur Caboche un regard mauvais.

— Non, Lila.

— Qu'est-ce qu'elle dit ? demanda Caboche.

— Rien, rien…

Lila ne parlait pas la langue des humains et Robin était le seul à comprendre le dialecte des fées. Il devait ainsi servir d'interprète. Et puisque ce n'était pas exactement l'harmonie entre Caboche et Lila, il évitait de traduire l'intégralité de ses injures.

Exaspéré, Robin se rendit à l'avant du magasin où il s'effondra dans un fauteuil, massant ses tempes sensibles. Il était au bout du rouleau. Du deuxième rouleau…

— As-tu vu Brindille aujourd'hui ? demanda Caboche, avec enthousiasme cette fois.

— Ouais. Elle m'a raconté que vous étiez dans la même équipe en français à cause d'un pari qu'elle avait perdu, le relança Robin. Je ne crois pas que c'est comme ça que tu vas la gagner !

— Ah, et puis mêle-toi donc de tes oignons !

La jeune fille en question fit alors irruption, accompagnée de son chien Réglisse, un caniche royal noir qui aboya et gambada avec entrain autour de la pièce. Caboche se tut et rougit violemment sous le regard ironique de Robin. Il n'y avait que Brindille pour intimider Caboche de cette façon…

— Salut ! s'exclama l'adolescente.

Sans perdre de temps, elle ouvrit le tiroir-caisse et consulta l'agenda de leurs activités des derniers jours. Caboche fouilla ses poches et lui remit l'argent recueilli lors de ses livraisons de la semaine et Robin s'exécuta à son tour.

Depuis le début des classes, Esther, la mère de Robin, avait pris le relais afin de tenir la boutique de son père Célestin le jour. Le « Mélange magique » n'était pas ouvert à la clientèle, pourtant, il fallait s'assurer que tout était en ordre et que les factures mensuelles étaient payées. De son côté, Robin continuait de préparer les formules de guérison de quelques clients fidèles. Bien sûr, il s'en tenait aux préparations de base et aux remèdes qu'il était capable de concocter. Pourtant, cela se révélait quand même ardu. Et il ne souhaitait pas impliquer sa mère encore plus, elle qui ne connaissait rien du secret des fées ni des activités de Célestin au sein du Cercle des guérisseurs.

Puisque Brindille était calée en maths, elle avait pris la responsabilité des finances entourant les livraisons pour aider Robin. Caboche, lui, était l'homme à tout faire, malgré qu'il bougonnait à chaque nouvelle corvée.

Brindille compta les billets accumulés au cours des activités hebdomadaires, puis les rangea avant d'inscrire le montant des ventes dans un carnet.

— Et qu'en est-il de l'inventaire ? demanda-t-elle ensuite.

Robin se rendit dans l'atelier et, sur une étagère remplie de flacons multicolores, il tria les pots vides.

— Il manque du grémil, de la mélisse et du lichen. Et il n'y a presque plus de passiflore… dit-il en remuant le contenant. Il va falloir se rendre au marché dimanche.

— Encore ? Mais ils annoncent du soleil en fin de semaine ! se plaignit Caboche.

— Les médicaments ne se prépareront pas seuls, releva Brindille, sévère.

De son côté, Robin parcourut la liste de tâches à effectuer que Célestin lui avait laissée avant de partir. En général, il n'avait de difficulté avec aucun de ces travaux. Il y en avait cependant un qu'il redoutait chaque fois…

— C'est aujourd'hui qu'il faut arroser les plantes et nourrir les bestioles dans la serre, indiqua-t-il à regret.

— J'ai fait ma part mercredi dernier, c'est au tour de Caboche ! déclara Brindille.

— C'est pas vrai… gémit l'adolescent. Tu ne me paies pas assez cher pour visiter cette caverne des horreurs, Sylvestre !

— Je ne te paie pas, s'étonna Robin.

— Justement !

La serre de Célestin présentait un amalgame impressionnant de plantes et de créatures qui provenaient des quatre coins de la planète. Incluant aussi des spécimens inédits qui avaient été prélevés dans le monde de Lila, Adalbon, une île aux confins du monde et qui n'était connue que d'une poignée d'humains. Ces trouvailles, aussi fascinantes qu'elles pouvaient sembler, étaient parfois effrayantes et souvent menaçantes.

Robin et Caboche enfilèrent des combinaisons blanches à capuchon, des gants de caoutchouc et des masques à gaz. Robin frissonna en songeant que la première fois qu'il avait exploré l'énigmatique ménagerie de Célestin, il ne portait aucune protection... Et si un bourdon noir l'avait piqué, ou encore si cette terrible grenouille-taureau, dont la peau était empoisonnée, l'avait frôlé? Robin préférait ne pas trop y penser.

Parés de leurs armures de plastique, un arrosoir et un sac de compost dans chaque main, Robin et Caboche pénétrèrent à pas calculés dans le vestibule tandis que Réglisse aboyait. Le chien désapprouvait chaque fois que quelqu'un devait investir le périlleux biodôme.

Après avoir déverrouillé le lourd cadenas de la porte, Robin repoussa la bâche transparente délimitant l'entrée et dévoila une jungle luxuriante peuplée de cris étranges et de parfums douceâtres qui filtraient à travers son masque.

Robin se dépêcha d'irriguer la verdure avide et Caboche nourrit les dionées géantes avec un sirop grumeleux à saveur de bouillon de bœuf. Il retira son bras à temps quand la plante carnivore tenta de le mordre avec son piège dentelé. Dans sa hâte, il trébucha sur un lézard jaune strié de bleu qui poussa un sifflement

enragé avant de cracher un mucus gluant sur la jambe du garçon. Le tissu plastifié fondit dans une volute de fumée. Effrayé, Caboche bondit en arrière.

— Tu entends ça ? s'enquit Robin en relevant la tête, l'oreille tendue.

— Quoi ça ? grommela Caboche. Il y a pas mal de bruits bizarres ici !

— Je ne sais pas. On dirait une respiration…

Robin s'aventura plus loin, fouillant des yeux le parterre chargé. Et si quelqu'un ou quelque chose d'indésirable s'était infiltré ? Même si c'était plutôt improbable, il s'avança et rencontra sur son chemin une grande fleur dont les pétales violets étaient déployés et exhibaient une sorte d'énorme bulbe pâle. L'adolescent se rappela qu'il nourrissait cette mystérieuse

plante de goudron une fois par mois. Mais cette fois, l'insolite excroissance blanche au centre se contractait et se décontractait tour à tour comme un poumon végétal.

Figés de stupeur, les garçons observèrent ce battement hypnotique.

— C'est plutôt écœurant, commenta Caboche.

— Ça me fait penser à cette légende urbaine du cactus qui cachait un nid d'araignées...

Soudain, la capsule expira un nuage de pollen dont les grains étaient de la dimension d'une bille. Ces gamètes bondirent partout, attaquant les deux adolescents qui se précipitèrent vers la sortie en hurlant. Ils tombèrent à la renverse, empêtrés l'un dans l'autre, et retrouvèrent avec soulagement l'air frais de l'extérieur.

— C'est la dernière fois que tu m'emmènes là-dedans ! avertit Caboche.

— Qu'est-il arrivé ? demanda Brindille.

Robin se releva et se tourna vers la serre dont la porte à ressort s'était refermée dans un claquement.

— J'avoue que je suis un peu dépassé par le boulot que m'a confié Célestin, soupira-t-il.

▲ ▼ ▲

Confinée à la plus haute étagère du garde-robe, Lila tournait en rond depuis des heures. Vivre dans l'intimité d'un humain comportait plusieurs désavantages. Le plus ennuyeux était celui d'avoir à se dissimuler chaque fois qu'un étranger était admis dans l'antre de Robin. En plus, la fée ne devait émettre aucun bruit. Pas de jeu vidéo, pas de musique, pas de battement d'ailes, rien.

Et cette fois, elle était obligée d'endurer la conversation insignifiante de l'adolescent et de sa charmante compagne… Lila fixait donc la montre épinglée au mur et dont les aiguilles semblaient faire du surplace.

— Voilà, j'ai terminé la première partie du travail, souffla Robin derrière l'écran de son ordinateur, en ajoutant un point final à sa phrase.

— Tant mieux ! répondit Bianca, étendue de tout son long sur le lit, feuilletant distraitement un des nombreux livres de contes qui servaient à leur recherche.

Robin l'observa un instant par-dessus son épaule. D'ordinaire, il aurait été exalté que cette fille se trouve dans sa chambre, mieux encore, sur son lit ! Pourtant, il était si fatigué en ce moment qu'il aurait souhaité la voir disparaître par enchantement et prendre sa place. Dormir, s'il pouvait juste dormir…

— Pour la deuxième partie, il faut faire un résumé de quatre contes. Je propose qu'on en fasse chacun deux, commença Robin.

— Hum… J'aimerais mieux que ce soit toi. Tu es meilleur en composition que moi, affirma la jeune fille, mastiquant une gomme à mâcher au parfum de raisin.

Robin soupira et roula les yeux au ciel.

— Comme d'habitude, murmura-t-il tout bas.

Bianca releva la tête et sourcilla.

— Qu'y a-t-il ?

— Ça m'aiderait que tu participes un peu plus, je suis débordé ces temps-ci !

— Oh, moi aussi, lâcha Bianca. Tu sais, avec tous mes trucs parascolaires…

— S'il te plaît ! Je ne te demande pas grand-chose ! Tu dois lire deux contes stupides et pondre à peu près vingt lignes de commentaires !

Perplexe, Bianca le fixa, bouche ouverte.

— Bon, ça va ! reprit Robin. Oublie ce que je viens de dire.

Puisque Robin lui avait tourné le dos et s'était remis à pianoter rageusement sur son clavier, Bianca se leva, mal à l'aise. Penaude, elle ramassa deux des livres éparpillés sur les couvertures et les rangea dans son sac à dos.

— Je… je suis désolée, Robin. Je ne savais pas que tu étais aussi submergé. Je… je peux sans doute essayer de me libérer un peu.

Regrettant à présent de s'être mis en colère, Robin tenta de se racheter tandis que sa coéquipière ouvrait la porte pour partir.

— Non ! C'est bon, Bianca ! Je me suis un peu emporté…

Les lèvres de la jeune fille se retroussèrent dans un sourire contrit.

— À demain, Robin. Bonne nuit.

Lorsque le battant se referma, Robin s'écrasa contre le dossier de sa chaise. Comment avait-il pu s'énerver contre Bianca ? Il perdait la raison !

Lila s'envola de sa cachette et vint se poser sur le bureau dans un bruissement d'ailes.

— Lila, est-ce que je viens vraiment de me fâcher contre Bianca Vostok ? s'inquiéta l'adolescent.

— Oh que oui ! Et bravo ! C'est un bon début ! Si ç'avait été moi, par contre, je lui aurais dit ses quatre vérités à cette cruche !

Robin enfouit son visage dans ses mains, découragé.

— Je devrais peut-être appeler Caboche pour qu'il vienne me donner un bon coup de poing sur la gueule !

— T'inquiète pas, Robin, ta Bianca avait presque l'air de te respecter en sortant d'ici ! s'esclaffa la fée.

Animé d'une énergie nouvelle, l'adolescent empoigna un crayon et une feuille vierge.

— C'est assez ! Je n'en peux plus ! s'écria-t-il. J'écris immédiatement à Célestin avant que ma vie déraille encore plus !

— Ça, c'est la décision la plus lucide que tu aies prise depuis des lunes, approuva Lila.

La libelline laissa le garçon à la rédaction de sa lettre et s'élança vers le lit où elle inspecta avec fascination les bouquins exposés. Il s'agissait de contes où les fées étaient représentées comme de belles grandes femmes, douces et affables, toujours prêtes à user de leurs puissants sortilèges d'un coup de baguette magique. Les humains ne s'imaginaient pas les fées telles qu'elles étaient vraiment, songea Lila avec un demi-sourire.

Elle s'intéressa un instant à l'histoire de Cendrillon, choyée par sa marraine-fée. Avant même qu'elle ne tourne la dernière page, un ronron la détourna des images vieillottes de l'album. Discrète, Lila voleta jusqu'à Robin qui s'était endormi, le front au creux du bras et une goutte de salive humectant sa missive à peine entamée.

Cher grand-papa,

Je t'écris parce que, je l'avoue, je suis un peu surchargé de travail avec la boutique et l'entretien de la serre et les formules à préparer et aussi les livraisons et l'école et les devoirs et...

Lila secoua la tête. Pauvre Robin, il avait un peu trop de pression sur les épaules ces jours-ci. D'un geste délicat pour éviter de le réveiller, elle lui enleva son crayon des mains. Elle approcha ensuite sa paume rougeoyante du front de l'adolescent et le palpa.

Il fallait que cette situation se résorbe vite, car, selon elle, ce serait bientôt la grippe ou la mononucléose !

Elle tourna son petit minois pointu vers la fenêtre et chuchota.

— Cher Célestin, si Robin flanche, je ne pourrai pas poursuivre l'enquête que tu m'as confiée…

Le mardi matin suivant, la mère de Robin déposa près de son bol de céréales une enveloppe encadrée de chevrons bleus et rouges qui caractérisait les envois outremer. Aussitôt, le garçon sentit la masse qui écrasait son échine depuis des mois se soulever et le libérer de son étau. Sans même prendre une bouchée de son petit déjeuner ni une lampée de jus d'orange, il décacheta la lettre avec une fébrilité non contenue et lut la réponse de Célestin. Celle-ci était aussi satisfaisante qu'il l'avait souhaitée.

— Des nouvelles de ton grand-père ?
s'enquit Esther, curieuse.

— Ouais !

Robin s'enfuit dans sa chambre, laissant derrière lui sa mère abasourdie et les vestiges du repas qu'il n'avait même pas touché. Il ouvrit à la volée et s'écria «Lila !» avant de baisser le ton, se rappelant que les autres occupants de la maison ignoraient l'existence de la fée.

— Lila, réveille-toi !

Comme elle ne répondait pas et feignait de dormir, il ajouta :

— Célestin m'a trouvé de l'aide !

Lila se jeta hors de son petit lit.

— C'est vrai ? Que dit-il ?

Content de la réaction enthousiaste de la fée, il lut :

Cher Robin,

Je suis toujours heureux d'avoir de tes nouvelles. Je suis désolé, cependant, que la boutique t'ait demandé autant de temps. Je me doutais que tu serais un peu surchargé et j'ai communiqué avec plusieurs personnes susceptibles de te donner un coup de main. Malheureusement, je ne pouvais rien te confirmer avant aujourd'hui.

Une bonne amie à moi, Adélaïde Bellefeuille, a accepté de prendre charge de la boutique. En revanche, j'aimerais que tu suives des cours une fois par semaine avec elle. Elle enseigne déjà à quelques apprentis. Je crois qu'elle saura t'aider à parfaire tes connaissances ainsi que tes capacités à préparer des concoctions puisque cela semble t'intéresser beaucoup.

J'espère te revoir bientôt.

Bien à toi,

Célestin

Robin s'écrasa sur son lit, rêveur. Il allait étudier les vertus des plantes et de leurs mélanges et suivre les pas de son grand-père. Depuis l'été précédent où il avait découvert ce monde mystérieux dans lequel évoluait Célestin, il ne cessait de souhaiter aller plus loin, approfondir et explorer cet univers. Il se sentait comme Harry Potter lorsqu'il avait été initié à l'école des sorciers.

Vêtue d'un pyjama de flanelle lilliputien, Lila se posa sur son bureau et consulta une feuille chiffonnée affichée au mur.

— Adélaïde Bellefeuille fait partie du Cercle des guérisseurs, releva la fée.

Robin dressa la tête.

— Ah oui ? Je me demande comment elle est. J'espère qu'elle n'est pas aussi malcommode que Nolana Pavel…

— Elle ne peut être pire, s'esclaffa Lila.

La fée continuait de scruter la liste quand, au rez-de-chaussée, Esther s'écria :

— Robin ! Tu vas encore être en retard à l'école !

▲ ▼ ▲

Ce midi-là, Robin planait encore sur ses rêves éveillés d'une grande école de guérisseurs quand il trouva Caboche, à la bibliothèque, le nez piqué dans les bouquins.

— Si je ne le voyais pas de mes propres yeux, je ne le croirais pas ! s'exclama-t-il.

— Hé, minus, j'ai le droit de lire en paix si ça me chante !

— Ce n'est pas exactement dans tes habitudes… Dis-moi, c'est pour l'impressionner *elle* que tu te bourres le crâne ?

— Pas du tout ! Et arrête tes allusions stupides, sinon je t'arrange le portrait !

— Ça va ! ricana Robin.

— De toute façon, elle me prend pour un gros nul depuis que j'ai mis le moniteur de karaté au tapis. J'y comprends rien, moi ! Dans ces cours-là, on dirait que c'est un défaut de savoir se battre !

Robin pouffa ; les poings de Caboche étaient toujours aussi redoutables et indisciplinés.

— Parlant de cours, Célestin m'envoie chez une guérisseuse pour apprendre les rouages du métier, affirma le garçon en bombant le torse.

— Ah ouais ? Vas-tu te mettre à faire de la magie après ?

— Ça serait trop beau. Ma prof va aussi reprendre le flambeau de la boutique.

— Oh.

Le ton de Caboche était déçu. Il rechignait souvent lorsqu'il avait des tâches à accomplir dans le commerce, pourtant cela représentait une belle évasion et lui donnait une bonne raison de ne pas rentrer trop vite à la maison. Robin perçut cette contrariété et reprit :

— Nous garderons les livraisons et d'autres petits travaux, je t'assure ! Et ça nous donnera un peu plus de temps pour le basket !

Caboche hocha la tête mais son sourire ne se rendit pas jusqu'à ses yeux. Il se leva et rassembla ses choses dans son sac.

— C'est bon. On se retrouve après l'école ?

— Pas ce soir, mon gars ! C'est maintenant que mes cours commencent.

— OK. Salut.

Caboche tourna les talons et quitta la bibliothèque.

— Il ne va pas bien, lui, souffla Lila dans le sac de Robin.

— Je ne sais pas ce qui lui prend...

— En tout cas, il y a quelque chose qui ne tourne pas rond, car même moi je m'inquiète pour lui !

Le timbre de la cloche résonna alors, annonçant que la période de l'après-midi débutait.

▲ ▼ ▲

Après l'école, c'est avec fébrilité que Robin se rendit à l'adresse que Célestin avait communiquée dans sa lettre. Il arpenta une rue jalonnée de part et d'autre d'immeubles modestes jusqu'à ce qu'il atteigne une maisonnette coincée entre deux édifices. La demeure était construite en briques rouges et munie d'un toit noir percé d'une seule lucarne. Sous son porche de métal à l'auvent de fibre de verre jauni, un escalier bringuebalant menait à la porte d'entrée.

C'était loin de Poudlard, songea Robin, sceptique. Les plates-bandes impeccables garnies de fleurs exotiques qu'il n'avait encore jamais vues nulle part auparavant étaient le seul indice indiquant que cette propriété pouvait être la bonne.

Il s'arma de courage, monta les marches et appuya sur le carillon qui joua l'air d'un cantique. Le battant s'ouvrit et

un visage en cœur apparut dans la moustiquaire.

— Toc! Toc! Toc! Qui est là? demanda une jeune fille à l'air mutin.

— Je… Est-ce que je suis bien à la résidence d'Adélaïde Bellefeuille?

— Ça dépend. Si tu vends quelque chose, non. Si tu aimes les biscuits, peut-être. Si tu es Robin Sylvestre, bien sûr!

— Euh… oui, c'est mon nom.

Elle ouvrit la porte à la volée, libérant une alléchante odeur de cuisson, et accueillit Robin en lui sautant au cou. Confus devant tant d'impétuosité, l'adolescent déglutit, ne sachant trop comment réagir.

— Camélia, laisse-le un peu! s'exclama une voix à la fois ferme et tendre.

La fille, qui avait environ douze ans, lui agrippa le bras et l'entraîna dans la maison, ses longues boucles brunes s'agitant sur ses épaules. Robin fut alors attiré dans un univers étrangement kitsch: il y avait d'abord un salon aux murs de bois préfini, un tapis orange brûlé où trônait un divan tapissé de fleurs brunes et de coussins crochetés. Robin songea qu'il ne manquait qu'un rideau en billes de bois ou un panier en macramé pour que cette pièce soit une ode aux années 1970.

Ensuite succéda une cuisine aux armoires vertes et au prélart à motifs psychédéliques. Dans un coin, deux perruches piaillaient dans une haute cage.

Il y avait aussi un motif commun aux différents éléments de ce décor: partout, il y avait des grenouilles. En images, en bibelots, sur la vaisselle et même sur les rideaux.

Gêné, Robin se tint sur le seuil tandis que Camélia le tirait par la main pour le forcer à entrer. Les yeux hésitants du jeune homme se posèrent sur une dame penchée devant le fourneau. Lorsqu'elle se releva, elle portait entre ses gants de cuisine – en forme de grenouille, eux aussi – une plaque remplie de galettes dorées. Elle s'approcha de Robin et lui en offrit.

— Elles sont au beurre d'arachide. J'espère que tu n'es pas allergique!

Robin tendit timidement les doigts.

— Euh… Non.

— Bonjour Robin, je suis Adélaïde ! Heureuse de faire enfin ta connaissance, Célestin m'a si souvent parlé de toi !

Il inclina la tête, le visage empourpré. Adélaïde était une petite femme d'environ soixante-dix ans dont le visage sillonné de rides profondes témoignait d'une vie plutôt rude malgré ses yeux rieurs. Ses cheveux blonds remontés en chignon contrastaient avec sa peau au hâle prononcé et la dame portait un débardeur orné d'un loup argenté, un pantalon fuchsia et des pantoufles tricotées.

Robin sourcilla. Il se demandait ce qu'il pourrait bien apprendre dans un tel environnement. Puis il se décida à croquer dans son biscuit, ce qui lui tira son premier sourire.

— Bien ! approuva Adélaïde. Maintenant, mon cœur, je peux te présenter aux autres élèves. Tu as déjà rencontré notre cadette, la très douée Camélia Zorrillo…

— On peut le garder, n'est-ce pas ? s'enquit celle-ci, mi-moqueuse, mi-sérieuse, sautillant sur place, les mains jointes.

— Ne fais pas de cas de ce qu'elle dit, c'est une vraie petite girouette ! À la table, il y a l'aîné de mes apprentis, Alexis Tranchemontagne, puis ma petite-nièce, Océane Lazure.

Robin tourna la tête à droite et remarqua, assis autour d'une table de formica doré, deux adolescents un peu plus âgés que lui. Le garçon le salua d'une longue main presque démesurée. Hormis son visage angulaire, encadré d'une épaisse tignasse brune, ce qui frappait chez lui, c'était ses iris d'un jaune pâle qui brillaient sous des sourcils broussailleux.

En face de lui, une grande fille à la pose nonchalante leva les yeux sur Robin. Il en eut le souffle coupé.

Ses longs cheveux étaient noués en petites tresses couleur miel et, sur son délicat minois au nez retroussé, couraient des taches de rousseur. Sur le bras gauche, elle arborait fièrement le tatouage d'un triskèle celte et ses fringues s'inspiraient de la mode gitane.

— S… Sallo… Euh… Allô ! bafouilla Robin, qui rougit de plus belle.

— Le beurre d'arachide noue la langue… mais pas les idées ! Boing ! Boing ! Boing ! lança Camélia avant de reprendre sa place avec des sauts de lapin.

Elle tapota le siège à côté d'elle.

— Plus on est de larrons, plus on rit !

— Viens te joindre à nous, Robin, l'encouragea Adélaïde. Nous allions justement débuter la leçon.

En prenant place, Robin se demanda dans quel clan d'étranges individus il avait atterri. Il se sentait presque trop « normal » parmi eux…

Adélaïde déposa un bol rempli de biscuits au milieu de la table et s'installa devant ses élèves, munie d'un gros livre à reliure de cuir noir et aux pages gonflées par l'humidité. Elle l'ouvrit au début où un tableau exhaustif avait été dressé.

— Cette semaine, nous discutons de plusieurs plantes médicinales et de leurs fonctions respectives. Après ce cours, mes poussins, j'aimerais que vous transcriviez ce tableau entier, de mémoire.

Robin sourcilla, ahuri. Ces gens-là n'avaient-ils jamais entendu parler d'une photocopieuse ? Comment devait-il retenir toute cette matière qui couvrait plus de dix pages ? Puisque personne ne semblait enclin à s'insurger contre ce devoir titanesque, Robin enfonça la tête entre les épaules et se concentra sur la matière qu'Adélaïde aborda. Cette femme s'avérait encore plus tyrannique que Nolana, et en plus, elle exigerait de lui des dissertations ! Robin se sentit soudain piégé ; Célestin l'avait-il réellement aidé en l'envoyant ici ?

Au début, il suivit sans trop de difficulté grâce aux nombreuses questions que mitraillait Camélia. Il reconnaissait aussi quelques-uns des noms impossibles des plantes qu'il avait utilisées dans ses formules. Cependant, après deux heures, il avait le cerveau si épuisé et bourré qu'il tomberait malade s'il posait de nouveau le regard sur un organisme végétal.

Il risqua un œil du côté d'Océane qui jouait distraitement avec les anneaux nickelés qu'elle portait aux oreilles. Elle lui sourit et Robin se détourna, le cœur palpitant. Alexis, lui, était assidu et très attentif. Malgré la chaleur de l'été indien, il portait un chandail aux longues manches dont quelques poils s'échappaient et couraient jusqu'aux phalanges. Appliqué, il ne semblait pas être un type bavard et ne prononçait que de vagues commentaires qui s'avéraient toujours justes.

La séance se termina quand le ventre de Robin poussa une plainte. Océane ricana.

— Moi aussi j'ai faim, compatit Alexis.

— Bon travail, mes lapins ! acquiesça Adélaïde. Maintenant, tâchez de mémoriser tout ceci et de le recopier avant le prochain cours !

Robin soupira, découragé par la charge de travail qu'il récoltait pour avoir assisté à ce cours. Il ramassa la pile de notes désordonnées qu'il avait prises et les enfonça avec précaution dans son sac.

— Adieu ! À moins que la semaine prochaine ne vienne avant ! lâcha Camélia, théâtrale, en partant.

Elle sautilla jusqu'à la sortie comme une enfant sur une marelle, une sacoche en forme d'ours en peluche accrochée en bandoulière à son épaule. Alexis déplia son grand corps au torse large et aux jambes musclées puis salua les autres de la main. Ses mouvements lents et calculés ne semblaient pas naturels et tranchaient avec la puissance de son physique. Il ne restait plus que Robin et Océane.

— Tu es satisfait de ta première leçon, Robin? l'interrogea Adélaïde.

— Euh… Oui, oui, acquiesça-t-il d'un ton qu'il aurait voulu plus convaincu.

— Tu verras, l'adaptation se fera vite! Ton grand-père a une foi immense en toi, le rassura Adélaïde avec un clin d'œil. Pour ce qui est de la boutique, j'irai t'aider demain soir et nous répartirons les tâches. Ça te va, mon pigeon?

Robin opina, un sourire plaqué sur les lèvres. Il marcha d'un pas traînant vers l'extérieur. Pendant qu'il retirait le cadenas de son vélo, Océane sortit et lui envoya un autre de ses regards désarmants.

— Alors, c'est toi le petit-fils de Célestin Sylvestre? demanda-t-elle comme si ce nom représentait celui d'une personnalité connue.

— Euh… ouais, répondit-il, mal à l'aise.

Elle hocha la tête avec un air entendu.

— Ah, ne t'en fais pas pour Adélaïde… Elle n'a l'air de rien et elle vit dans le temple du bric-à-brac, mais elle est forte. À la semaine prochaine !

Sur ce, elle tourna les talons et remonta la rue en direction du métro non loin de là. Bouche bée, Robin admira son déhanchement avant de partir de son côté.

▲ ▼ ▲

— Quel est ton verdict ?

Lila leva la tête du quartier d'orange qu'elle dévorait, une loge de pulpe à la fois, comme si elle avait mangé une grappe de raisins. Elle réfléchit en se léchant les doigts.

— Je ne sais pas trop. Je n'ai pas osé m'aventurer en dehors de ton sac, car je voulais me familiariser avec l'environnement avant. En tout cas, à vue de nez, sa tanière est encore plus hideuse que la tienne.

— Je sais, pouffa Robin.

— La prochaine fois, j'irai explorer un peu plus loin pour voir de quoi il en retourne.

— Et les élèves ?

— Hum… Je me tiendrais loin d'Alexis.

— Pourquoi ? Il a l'air sympathique. Un peu bizarre, mais correct. Moi, c'est plutôt Camélia qui me fait peur ! Elle ferait passer le Joker de Batman pour un exemple de santé d'esprit !

Lila sourit, moqueuse.

— C'est vrai qu'elle t'a immédiatement adopté ! Mais je soupçonne qu'elle aussi ne laisse rien paraître de ce qu'elle est vraiment.

— Il n'y a qu'Océane qui est…

— Qui est ? s'intéressa Lila, le sourcil levé.

— Elle est pas mal belle, lâcha Robin.

Lila émit un claquement de langue, agacée.

— Écoutez-moi ce mouton ! «Elle est bêêêêêêêêlle !» Pffft ! Moi, elle ne me dit rien qui vaille !

— Lila, tu détestes toutes les filles qui sont un peu mignonnes!

— Ce n'est pas vrai! J'aime bien Brindille! Je la trouve super, *elle*!

Robin se redressa, pensif.

— Parlant de Brindille… Je ne lui ai pas encore dit qu'Adélaïde prendra les rênes de la boutique. J'espère qu'elle ne sera pas trop vexée! En attendant, j'ai encore ce devoir pénible à faire pour le cours de la semaine prochaine. Tu connais quelque chose aux plantes médicinales, toi, Lila?

— Oui, mais pas tout! Et sûrement pas autant que ce qu'Adélaïde te demande!

L'adolescent se leva et s'installa devant son ordinateur. Sur Internet, à force de fouiller le contenu des liens à propos du pouvoir de guérison des plantes, il aboutit sur le site d'une doctorante en horticulture renommée, Professeure Séverine Courtemanche, qui lui révéla la liste complète des plantes qu'il cherchait.

— Bingo! ricana-t-il en se frottant les mains.

Brindille retint d'une main ferme la laisse de Réglisse pour éviter d'être emportée par sa fougue. Elle sourit. Le chien était exalté chaque fois qu'il visitait la boutique de Célestin. Brindille devait avouer qu'elle aussi prenait plaisir à s'y rendre. Elle était demeurée isolée si longtemps, sans parler ni se confier à personne, qu'elle appréciait l'amitié de Robin... et, oui, même celle de Caboche parfois. Elle se gardait bien de le leur mentionner, mais leur confiance en elle la réconfortait.

La jeune fille s'engagea dans une ruelle et vit Caboche debout à côté de son vélo qui ouvrait la porte menant à la cour arrière du commerce. Perdu dans ses pensées, le garçon semblait abattu, ce qui n'était pas dans son registre d'expressions habituelles. Réglisse galopa de plus belle vers lui et Brindille maudit son chien tout bas, courant à sa suite.

— Salut, lança Caboche en la remarquant.

Il avait vite délaissé sa mine sombre pour reprendre son air bravache. Imperturbable, le menton dressé, Brindille lui répondit sèchement tandis qu'il ébouriffait la tignasse noire et laineuse de Réglisse.

— Tu es au courant que Robin a trouvé de l'aide pour la boutique ? s'enquit Caboche.

— Tant mieux ! approuva Brindille. Robin avait déjà étiré l'élastique à son maximum. Un peu plus et ça lui éclatait en plein visage !

— Il n'aura peut-être plus besoin de nous.

Caboche avait essayé de prononcer ces paroles d'une voix blanche, pourtant le regret transparaissait. L'espace d'une seconde, Brindille le fixa, les sourcils froncés. Puis elle haussa les épaules, désinvolte.

— Voyons, nous sommes ses amis !

Nerveux, ils entrèrent dans l'arrière-boutique et tombèrent sur Robin qui donnait ses instructions à une femme d'âge mur accompagnée d'une jeune fille aux allures de rasta moderne. Lila n'était pas visible.

Caboche et Brindille se jetèrent un coup d'œil incrédule tandis que Réglisse accueillait avec joie Adélaïde Belle-feuille.

Contrit, Robin se gratta la nuque.

— Ah, voilà ceux qui m'ont aidé jusqu'à maintenant…

Tandis qu'Adélaïde inspectait le carnet où étaient inscrites toutes les informations concernant les finances de la boutique durant les derniers mois, Océane arpentait le magasin, examinant avec fascination les affiches sur les murs, agitant le contenu coloré de certaines fioles et caressant du bout des doigts les ballots de plantes séchées odorantes qui étaient accrochées un peu partout.

Adélaïde acquiesça d'un hochement de tête.

— Vous avez effectué du beau boulot, les jeunes ! Mes pauvres petits chéris, vous avez dû en mettre des heures pour garder ce magasin en état de fonctionner ! Malheureusement, Célestin n'a pu me joindre avant car j'étais à l'étranger. Maintenant, vous pouvez souffler, je viens pour vous relever de vos lourdes tâches ! Je vais m'impliquer comme si cette boutique était la mienne et on pourra même rouvrir les portes au public !

Caboche croisa les bras.

— Vous connaissez Célestin depuis longtemps ?

Adélaïde plissa les yeux, amusée.

— Oh oui ! Depuis plus de quarante ans, mon loup ! affirma-t-elle.

— Et on peut vous faire confiance ?

Brindille donna un violent coup de coude dans les côtes de son compagnon.

— C'est quoi, cet interrogatoire, Caboche ? siffla-t-elle.

— Ouais, tu n'arrêtais pas de te plaindre que nous avions trop de travail, qu'as-tu à rouspéter encore ? renchérit Robin. Elle fait partie du Cercle des guérisseurs !

Océane s'esclaffa.

— Sans vouloir offenser personne, ça ne pourra se passer plus mal qu'avec trois gamins qui ne connaissent rien au métier ni aux chiffres !

Brindille se braqua : justement, elle était offensée !

— Océane, sois plus indulgente ! gronda Adélaïde. Je suis très contente de voir à quel point vous vous êtes attachés à cette boutique, mes petits. Célestin en serait très fier !

— Euh… Non, Océane a un peu raison. C'est vrai que ça nous dépassait un peu, tout ça.

— Je n'avais pas envie que le magasin finisse par faire banqueroute, bredouilla Robin.

Brindille comprenait que Robin voyait en Adélaïde son salut, mais elle était quand même blessée qu'il ne se porte pas à sa défense après tout le travail bénévole qu'elle avait effectué ces derniers temps !

— Je vous assure aussi, mes chatons, que je ferai appel à vous dès que j'aurai besoin, déclara Adélaïde.

— Et pour les livraisons ? demanda Caboche à Robin.

— Eh bien… je… je… bafouilla Robin, gêné.

La veille, il avait promis à Caboche qu'il garderait ses responsabilités. Maintenant, il ne semblait pas savoir comment lui avouer que lui-même s'accommoderait des livraisons puisque Adélaïde prenait la direction de la boutique.

C'en était assez. Brindille prit la laisse de Réglisse d'une main et le bras de Caboche de l'autre et les entraîna à l'extérieur.

— Contente que tu te sois enfin trouvé de l'aide, Robin. Ravie de vous avoir rencontrée, madame Adélaïde, lâcha-t-elle en partant.

Et cette Océane, elle pouvait bien aller se faire voir !

Le nuage noir au-dessus de la tête de Brindille se dissipa dans la ruelle. Elle et Caboche marchaient côte à côte, en silence, Réglisse quelques pas derrière. Pourquoi était-elle si en colère ? Robin ne l'avait pourtant ni reniée ni trahie. C'était ridicule !

Seulement, elle ne s'attendait pas à être repoussée du plat de la main et démise d'un coup de toutes ses fonctions à la boutique. Elle se sentait si démunie.

Près d'elle, Caboche serrait si fort le guidon de son vélo qu'il en avait les jointures décolorées.

— La prochaine fois qu'il voudra qu'on lui rende un service, il ira voir ailleurs ! grogna-t-il.

En règle générale, Brindille aurait répliqué aussitôt sans mâcher ses mots. Mais aujourd'hui, elle dut d'abord ravaler son amertume.

— Il ne faut pas être égoïstes, Robin méritait un peu de répit. Les choses vont se replacer, murmura-t-elle comme si elle voulait se convaincre elle-même.

— Je m'en fous !

— Ah, Caboche ! Tu es si égocentrique ! Tout ne peut pas fonctionner comme tu le désires ! Et je me demande pourquoi je t'adresse encore la parole après ce qui est arrivé au dojo de karaté !

Caboche esquissa un sourire frondeur.

— Le moniteur n'arrêtait pas de me dire de lui en balancer un bon et c'est ce que j'ai fait !

— Grrrrr ! Tu es impossible !

— Et n'oublie pas notre rendez-vous pour le travail de français, rappela le garçon, ricanant devant l'exaspération de Brindille.

La jeune fille lui brandit son index sous le nez.

— Sois assuré, Caboche Lapierre, que c'est la dernière fois que je perds au basket contre toi !

Tandis qu'elle s'éloignait d'une démarche hardie, Réglisse pressa le pas malgré lui, pleurnichant de devoir quitter le garçon. Caboche murmura alors :

— On verra bien.

Et les poings du garçon se crispèrent sur le guidon de sa bicyclette.

▲ ▼ ▲

Les épaules affaissées, Robin observait la porte arrière de la boutique. Une boule de culpabilité se forma au creux de son ventre. Qu'il était nul ! Il avait réussi à vexer ses deux amis, ceux qui l'avaient aidé à maintenir le cap durant cette période difficile. Même Caboche qui rechignait à chaque nouvelle tâche s'était révélé d'une aide précieuse. Et que dire de Brindille, le pilier de béton, la forte, celle qui trouvait toujours des solutions à tout?

Il se détourna avec un profond soupir. Il se demandait aussi quel serait le point de vue de Lila, elle qui ne pourrait plus voler à sa guise dans le commerce.

Pourtant Robin n'avait pas le choix, les choses devaient changer car il était sur le point de craquer! Peut-être qu'il était trop faible. Ou encore, peut-être qu'il aurait dû mettre un peu plus d'énergie à la tâche. Lui et ses amis avaient passé de si bons moments ici malgré l'ampleur de leurs responsabilités! Désormais ce temps était révolu.

Robin oscillait entre le soulagement et les remords. Océane sembla lire en lui.

— Tu as pris la bonne décision en faisant appel à Adélaïde, Robin. Il est plus sage de le reconnaître lorsqu'on est dépassé que de courir à sa perte sans rien faire. Ne t'inquiète pas, ils bouderont quelques jours et après tout redeviendra comme avant! l'encouragea-t-elle.

— Oui, j'imagine, souffla Robin avec un pauvre sourire.

— En attendant, tu pourras dormir sur tes deux oreilles, mon minou, car sois assuré que je prendrai soin de cette boutique comme de la prunelle de mes yeux ! clama Adélaïde. Je suis aussi contente de pouvoir montrer le métier de guérisseuse à Océane qui est très intéressée par tout ce qui touche la nature !

— Et l'environnement ! enchaîna la jeune fille. Je veux surtout trouver des moyens d'inciter les gens à respecter l'environnement !

— Ce… C'est bien, j'endosse ça à 100 % ! appuya Robin. Bon, alors je crois que c'est le moment de passer le flambeau…

Le garçon tendit le trousseau de clés qui donnait accès à la boutique et le transmit à Adélaïde, un nœud dans la gorge. Même si Célestin lui avait recommandé la candidature de cette dame, il avait l'impression de mettre de côté quelque chose d'important pour lui. La main d'Adélaïde se referma avec un tintement sur son précieux contenu et Robin se mordit la lèvre. Pourtant, le sourire envoûtant d'Océane eut tôt fait d'apaiser son chagrin.

Après l'école, le mardi suivant, Robin s'assit à la table lézardée de marbrures dorées qui trônait au centre de la cuisine d'Adélaïde avec un air désinvolte. Le torse gonflé d'orgueil, il sortit son devoir et jeta un regard en coin à Alexis puis à Océane ; il évita Camélia et ses réactions imprévisibles. Mine de rien, il se frotta les mains et ricana dans sa barbe pas encore naissante.

Avec les recherches qu'il avait effectuées sur Internet et l'aide de Lila, il avait réussi à reproduire sans difficulté le tableau qu'avait demandé Adélaïde. Si la dame pensait qu'il allait copier ces notions et ces noms incompréhensibles de mémoire, elle se trompait. Robin avait plus d'un tour dans son sac !

Il étala à peine les doigts sur les feuilles dûment remplies devant lui, fier de ne pas passer pour le cancre du cours.

À ce moment, Adélaïde se releva de son four. Camélia l'aida à découper le petit gâteau et à disposer les morceaux sur un plateau. La jeune fille s'empressa ensuite de servir ce qui embaumait l'air de la maison d'un délicieux parfum.

— Pain à la courgette, avec une courbette ! s'exclama-t-elle en présentant l'assiette à Robin.

Écarlate, le garçon se laissa tenter. Il remarqua aussi qu'Océane roula les yeux au ciel, agacée par l'attitude enjouée de Camélia.

— Bonjour, mes agneaux ! Alors ? J'espère que votre devoir ne vous a pas donné trop de fil à retordre ! lança Adélaïde, espiègle.

Chacun prit son travail et Robin fut un peu déçu de constater que les autres élèves ne semblaient pas dépourvus de moyens non plus.

C'est alors qu'Adélaïde souleva une corbeille de recyclage et la présenta à ses apprentis.

— Vous avez tous déployé des efforts considérables et j'en suis très contente. Mais ce n'est pas la bonne façon d'apprendre dans ce domaine. Maintenant, j'aimerais que vous mettiez tout ça de côté. Nous repartons à zéro et, cette fois, du bon pied ! Vous comprendrez pourquoi plus tard.

Catastrophés, les étudiants se dévisagèrent à tour de rôle. Même Camélia était sans voix. Hésitant, Alexis déposa son devoir dans la corbeille, suivi d'Océane puis de Camélia. Robin, lui, ne se décidait pas, s'accrochant à sa pile de papiers noircis de sa calligraphie la plus appliquée comme si sa vie en dépendait. En plus, il n'avait pas eu la présence d'esprit de faire des photocopies ! En jetant son travail dans ce panier, tout serait perdu !

Adélaïde l'encouragea d'un signe du menton. Robin tergiversa encore un instant et Camélia vint lui déplier doucement les doigts. Le tableau sur lequel Robin avait mis tant de temps alla rejoindre les autres.

— Il faut croire qu'on ne pond pas d'omelette sans casser des œufs, conclut la jeune fille, en haussant les épaules.

— Camélia a raison, mes cocos, approuva Adélaïde. Et c'est avec une pratique moins technique et plus proche de la terre que vous pourrez devenir des guérisseurs efficaces !

Les bras croisés, elle promena un œil sévère sur la table jonchée d'étuis, de crayons et de papiers sagement alignés.

— Mon message ne semble pas avoir été entendu.

Incertains, les élèves baissèrent les yeux. Quelle était la faute ?

— Vraisemblablement, vous ne saisissez pas encore. Vais-je devoir vous donner un devoir aussi laborieux cette semaine ?

— Pouvons-nous avoir un indice ? se risqua Alexis.

— Eh bien, vous avez noirci près de dix pages de texte dont je vous ai demandé de vous débarrasser… Qu'est-ce que vous comptez encore noter ?

Lorsque tout le matériel fut enlevé de la table, Adélaïde hocha la tête avec satisfaction et y plaça une vulgaire herbe hirsute au centre. Les apprentis se penchèrent sur celle-ci, interrogatifs.

— C'est quoi, ça ? demanda Robin.

— On dirait du pissenlit, avança Océane.

— C'est médicinal, je crois, se rappela Alexis.

— Pisse-en-lit. Son nom le dit, ajouta Camélia.

— Bien ! Voilà que mon cours peut enfin commencer ! Car ce n'est pas avec le bourrage de crâne très théorique que vous avez fait avant de remplir, sans réfléchir, votre tableau de la semaine dernière que vous retiendrez quoi que ce soit. Le « par cœur » ne donne rien ! Il faut plutôt prendre conscience du monde qui nous entoure. Savoir identifier, observer, toucher et sentir ces plantes pour comprendre pourquoi elles fonctionnent et comment elles le font. Vous découvrirez aussi que les plantes les plus insignifiantes cachent parfois des vertus surprenantes. Pas nécessairement besoin de plantes exotiques aux noms impossibles pour que les guérisons se produisent...

Encore ébranlé par les méthodes peu orthodoxes d'Adélaïde, Robin dut reconnaître qu'elle n'avait pas tort. De toute façon, il avait toujours préféré les travaux pratiques aux longues dissertations !

Encore que... Sérieusement, du pissenlit ?

▲ ▼ ▲

Tandis que les élèves examinaient avec désarroi le plant sur la table, Lila entrouvrit le sac de Robin et en sortit sa frimousse. Elle évalua les lieux. Robin l'avait déposée près du vieux calorifère à eau chaude dont la tuyauterie s'enfonçait dans le mur par un trou de la taille d'une orange. Lila pourrait aisément s'y faufiler.

Robin désirait en connaître un peu plus sur Adélaïde et ses activités de guérisseuse. Lila, elle, voulait s'assurer du dessein réel de cette ancienne membre du Cercle et peut-être découvrir de nouveaux éléments pour faire avancer l'enquête confiée par Célestin et Nolana Pavel.

La fée inspira puis piqua une course jusqu'au calorifère à eau chaude. Elle se glissa dans l'ouverture et se retrouva dans l'obscurité, entre les parois de la maison.

Les murs étaient vides. Lila se fraya un chemin entre les montants en suivant les tuyaux de plomberie qui couraient partout. Elle aboutit à une pièce au lit de velours rose et aux accents de dentelle bourgogne. Sans doute la chambre d'Adélaïde.

La fée retourna derrière le gypse et décida de descendre au sous-sol, car le rez-de-chaussée était plutôt exigu et ne semblait rien offrir d'intéressant. Elle sortit du plafond près d'une fournaise, dans un débarras où s'accumulaient des objets insolites d'une autre époque. Puisque tout le monde était en haut, Lila se permit de voler à découvert.

À côté s'étendait une deuxième cuisine, spacieuse, dont les murs se couvraient d'étagères remplies de livres, vieux, écornés, parfois neufs aussi. Aux trois fenêtres s'entassaient une multitude de plantes de tout acabit, de la plus commune à la plus étrange. Sur les comptoirs immaculés, il y avait les outils de cuisine habituels ; la pièce contenait aussi une cuisinière et un réfrigérateur. Mais à voir le contenu des armoires, ce matériel n'était pas utilisé pour concocter des mets gastronomiques, c'était plutôt l'atelier d'Adélaïde.

Bingo ! Lila avait ici une preuve pour Robin que la dame était bel et bien une guérisseuse et qu'elle était encore active dans le domaine.

Elle poursuivit son chemin vers un petit salon, délimité par une arche de briques, où s'étalaient fauteuils et coussins. C'était peut-être une salle d'attente car une porte menait à l'extérieur.

Dans un coin, une petite fontaine en forme de grenouille à parapluie ruisselait, produisant un doux murmure cristallin. Lila porta la main à sa bouche pour étouffer un petit rire. Adélaïde avait des goûts plutôt discutables en termes de décoration…

Au-delà des écoulements de la fontaine, la fée perçut un son inquiétant. Un grognement. Un gros bruit qui ne pouvait être produit que par une grosse bête.

Lila s'approcha de la source du bruit, le cœur battant. Elle emprunta un couloir. Un cri. La fée se figea, suspendue en plein vol. La main sur la poitrine, elle repéra au pied d'un mur une sorte de chatière, une trappe assez grande pour permettre à un animal de circuler.

Adélaïde avait-elle un chat ou un chien ? Si oui, pourquoi le garderait-elle caché au fin fond de la cave ?

Lila se posa et avança à pas feutrés. Un halètement la cloua un instant sur place. La main moite et tremblante, elle tendit les doigts vers la petite porte. D'un coup, elle l'ouvrit.

Avant qu'elle ne puisse voir quoi que ce soit, on la bâillonna.

▲ ▼ ▲

— Par chance, j'ai les sens plus aiguisés que les tiens, espèce de lunatique! Et je t'avais dit qu'à force de faire autant de bruit nous finirions par être repérés!

— Ferme-la, Suki! Ah! Pourquoi est-ce qu'il a fallu que je me retrouve naufragé avec ma sœur?

Ligotée, les yeux bandés, Lila écoutait ces voix qui surgissaient autour d'elle. L'espace d'un moment, elle avait senti la chaleur des mains qui l'attachaient fermement. À présent, elle reposait sur le sol, frémissante et effrayée. Où avait-elle eu le malheur de mettre les pieds?

— C'est une libelline, Mika!

— J'avais remarqué.

— Tu crois qu'elle est dangereuse?

— Je ne sais pas. Elle ne ressemble pas aux autres non plus… Elle n'est pas

livide et ses ailes sont en bon état. Mais d'où vient-elle ?

En constatant que ses ravisseurs ne semblaient pas menaçants, Lila s'apaisa et reprit confiance.

— Libérez-moi immédiatement ou je vais vous montrer si je suis dangereuse ! cracha-t-elle.

— Elle parle !

— Bien sûr que je parle, abrutis ! Et votre langue en plus ! Détachez-moi et je vous prouverai que je sais faire autre chose aussi ! hurla la fée.

Elle frotta ses doigts ensemble et une intense lueur rouge auréola la fée. Cette démonstration sembla convaincre les quidams qui la tenaient captive. Le morceau de tissu tendu sur ses yeux tomba. À sa grande stupeur, Lila se retrouva devant deux de ses semblables : un crapaudin et une crapaudine de lagune, de la race de ceux qui peuplaient les cours d'eau d'Adalbon. Leur peau turquoise était tachetée de bleu, leurs yeux noirs avaient une forme d'amandes et aux commissures de leurs lèvres pendaient des vibrisses qui rappelaient celles des poissons-chats. Il avait une touffe raide de cheveux verts qui devait bien se camoufler dans l'herbe et elle portait ses boucles longues pour se confondre avec les algues des lacs.

Bref, ni un ni l'autre n'avait rien de bien méchant.

Bouche bée, Lila reprit ses sens.

— Qu'est-ce que vous faites si loin d'Adalbon ? Adélaïde vous a-t-elle emprisonnés ? demanda-t-elle, s'agitant sur place malgré ses liens.

— Bien sûr que non ! répondit Mika, le crapaudin. C'est elle qui nous a sauvés !

— Et ces cris, ces halètements que j'ai entendus ? s'enquit la libelline.

— Ah ça… Mon frère est un fan de films d'horreur de mauvais goût. Il s'identifie surtout à *L'Étrange Créature du lac Noir*[1], à qui il ressemble plus qu'un peu, expliqua Suki avec un haussement d'épaules agacé.

— Très drôle ! grimaça Mika.

— Je parlais surtout du comportement, riposta sa sœur.

---

1. *L'Étrange Créature du lac Noir* est un film culte d'horreur ayant pris l'affiche en 1954. Il met en vedette un humanoïde amphibien devenu un monstre d'épouvante classique.

Dans la pièce jonchée de coussins et parsemée de maïs éclaté, il y avait une télévision sur laquelle l'image d'une créature sous-marine était effectivement figée.

Lila émit un claquement de langue irrité.

— Eh, oh ! s'écria-t-elle pour rappeler ses bourreaux à la conversation. J'ai autre chose à faire que d'écouter vos chicanes de famille ! Comment avez-vous abouti ici ?

— Nous avons été importés d'Adalbon dans une boîte, reprit Mika. Nous ne savons pas qui nous a transportés non plus…

— Tout ce que nous savons, enchaîna sa sœur, c'est qu'au départ, nous avons atterri dans un endroit sombre, une sorte de souterrain glauque et sale. Puis un homme dont nous ne savons rien nous a encagés.

— Il n'a jamais dévoilé son visage. C'était un mystérieux vagabond.

— Et il était entouré de sylphes comme nous, excepté qu'ils étaient pâles et maladifs. Beaucoup avaient perdu leurs ailes. Ils nous ont demandé d'adhérer à leur cause, mais nous nous sommes enfuis avant de savoir ce que c'était.

— Après avoir erré dans la ville pendant des semaines, au moment où un chien de garde s'apprêtait à nous avaler tout rond, Adélaïde nous a rescapés.

— Elle avait compris pourquoi ce chien jappait autant, conclut Suki.

Lila déglutit. Dans l'histoire de Mika et Suki se trouvait la clé de bien des énigmes, incluant celle qui impliquait son ravisseur à elle.

— Je suis Lila et moi aussi j'ai été kidnappée il y a quelques mois. Je suis présentement sous la protection d'un des élèves d'Adélaïde, Robin Sylvestre. J'ai été mandatée par deux membres du Cercle des guérisseurs, Célestin Sylvestre et Nolana Pavel, afin de découvrir qui enlève les fées et de trouver pourquoi il les transporte sur le continent ! débita d'un souffle la libelline.

À la fin du cours, Robin n'avait aucune note de prise ni aucune documentation en main. Par contre, il pouvait énumérer sans hésitation les vertus du pissenlit. Si, au départ, il doutait de la méthode d'enseignement d'Adélaïde, il en était maintenant agréablement surpris. Jamais il n'avait eu cette capacité de mémoire à l'école !

— Je ne regarderai plus jamais les pissenlits de haut ! jura Camélia, la main gauche sur le cœur et la main droite levée.

— Ne soyez pas étonnés, nos parterres et nos jardins recèlent des trésors innombrables! Malheureusement, nous avons appris avec le temps à les ignorer, déplora Adélaïde.

— Les humains sont tellement stupides…

— Ne sois pas trop sévère, Océane, la coupa sa grand-tante. Les notions se perdent et il nous revient de continuer à les transmettre. On ne doit condamner personne!

— Avons-nous un travail à faire pour la semaine prochaine? s'enquit Alexis, incertain.

Adélaïde inclina la tête, contrariée.

— N'as-tu rien retenu de la leçon d'aujourd'hui, mon ourson? Ah, et si tu insistes…

Elle arracha les feuilles dentelées du pied des fleurs et les remit au jeune homme.

— Mange ceci en salade, c'est succulent!

Les élèves éclatèrent de rire et Alexis mit les plantes dans son sac en rougissant.

— À plus tard, alligator! Ainsi soit-il, crocodile! s'exclama Camélia avant de quitter la pièce.

Comme tous se dirigeaient à l'extérieur, Robin referma son sac à dos à la hâte et sortit. Ce n'était pas parce qu'il était si pressé de quitter la demeure d'Adélaïde, mais plutôt parce qu'il souhaitait avoir la chance de reparler à Océane.

Lorsqu'il déverrouilla le cadenas de son vélo, la jeune fille l'interpella tel qu'espéré.

— Le vélo, c'est très bien.

— Euh… Oui…

— C'est une très bonne façon de protester contre tous ces moyens de transport hyper polluants, ajouta-t-elle.

Robin se gratta la nuque avec un sourire gêné. Il n'avait jamais vu les choses de cette façon. S'il avait eu l'âge, il aurait volontiers pris le volant du vieux corbillard de Mme Pavel qui dormait dans le garage de la maison.

— Notre planète est si mal en point qu'il faut même parfois prendre les grands moyens pour faire passer le message, poursuivit-elle. Tu comprends ?

Robin n'avait aucune idée de ce dont elle parlait, pourtant il hocha la tête.

— Tu veux qu'on marche un moment ensemble? demanda Océane.

Le cœur de Robin manqua un battement.

— B… Bien sûr !

Trimbalant son vélo, il lui emboîta le pas et ils remontèrent la rue en cette journée d'automne envahie de bourrasques. La voix d'Océane se perdait dans le vent, ce qui importait peu à Robin, qui était plus préoccupé par les beaux yeux verts et expressifs de la jeune fille. Elle se passionnait pour l'environnement, et sa protection était son cheval de bataille. Le bien de la Terre était nécessaire et ce, à tout prix. Robin buvait ses paroles et elle semblait satisfaite d'avoir trouvé un auditeur si attentif.

— … Les gens ne se réveilleront que lorsqu'il sera trop tard et qu'ils seront devant le fait accompli ! On ne peut pas attendre que ça se produise, il faut qu'ils prennent conscience des enjeux maintenant !

Ce qu'Océane racontait était plein de sens. Robin en vint même à se questionner sur ses propres comportements : recyclait-il tout ce qu'il pouvait ? (Bof, il en échappait peut-être un peu des fois…) Consommait-il trop en achetant des babioles inutiles ? (Sûrement pas avec ses moyens financiers…) Économisait-il l'énergie ? (Hormis ses douches de vingt-cinq minutes…) Choisissait-il ses aliments de façon responsable ? (Les tablettes de chocolat du dépanneur étaient-elles bio et équitables ?)

Son bilan étant peu reluisant. Robin baissa la tête et continua d'écouter le sermon de sa compagne.

— Regarde ceci, par exemple : qu'est-ce que ce genre de camion fabrique dans une ville ?

Robin releva les yeux et remarqua l'énorme véhicule utilitaire sport. Le genre d'engin qu'il aurait rêvé de recevoir avec une grosse boucle rouge lors de l'obtention de son permis de conduire. Il ne pouvait nier par contre que ce masto-

donte lui donnait l'impression d'être encore plus chétif qu'il ne l'était en réalité.

— Ce monstre dévoreur de pétrole
n'a pas sa raison d'être, s'indigna Océane.

Dans son sac, elle cueillit un canif
dont elle déplia la longue lame. Elle se
pencha ensuite pour l'enfoncer dans le
pneu. Robin suivit ce geste, estomaqué.

— M… Mais qu'est-ce que tu fais ? Tu ne peux pas ! bredouilla-t-il.

— Quand ce conducteur reprendra sa machine à boucane, il réalisera peut-être à quel point il souille la nature, gloussa-t-elle.

Elle glissa sous un des essuie-glaces l'image d'un triskèle surmontant l'inscription « Le métro a rarement des crevaisons ».

Robin se mordit la lèvre. Sûr, il avait commis sa part de mauvais coups : il avait parfois trafiqué la serrure de la remise du terrain de jeu de l'école pour « emprunter » de l'équipement sportif et, l'été dernier, il était entré par effraction dans un laboratoire pharmaceutique. Pourtant, même si son incursion chez Abastor Technologies semblait plus grave, jamais il n'aurait eu le cran d'oser une chose pareille en pleine rue, à la vue de tous ! Ce vandalisme était très audacieux et Océane défendait son point de vue avec vraiment beaucoup d'assurance !

La jeune fille s'arrêta devant un autre gros véhicule de type *pick-up* et tendit son couteau à Robin.

— Maintenant, à ton tour !

Il fixa le canif comme s'il s'agissait d'un tison ardent.

— À moins que tu n'aies pas le courage d'honorer tes convictions ? lança-t-elle puisqu'il hésitait.

Il inspira puis imita Océane en enfonçant la lame dans le caoutchouc. L'adolescente applaudit.

— Bien joué ! N'est-ce pas libérateur de poser un bon geste pour l'environnement ?

Robin se releva, découragé. Loin de se sentir affranchi de quoi que ce soit, il avait plutôt une affreuse boule de culpabilité dans l'estomac. Qu'avait-il fait ?

Devant son air démonté, Océane lui tapota l'épaule.

— Ne t'en fais pas ! La première fois, c'est toujours un peu difficile. Tu t'habitueras !

Interdit, Robin haussa les sourcils : s'habituer ? !

— Et relaxe, le proprio de ce tas de ferraille ne saura jamais que c'est toi...

Il se sentait de plus en plus mal.

— Viens ! Je t'invite chez moi pour prendre un thé glacé !

Le garçon jeta un dernier coup d'œil au pneu qui dégonflait et rejoignit Océane, soulagé de quitter le lieu de son délit.

▲ ▼ ▲

— Tout ceci ne nous dit pas si nous avons été enlevés par la même personne... ni par qui au juste ! affirma Lila.

— Ni pourquoi nous aurions été livrés à différentes adresses, ajouta Mika.

— Par contre, ça veut dire qu'il y a un cerveau pour diriger toutes ces opérations, conclut sa sœur.

Lila s'affala dans un coussin et couvrit son visage de ses mains.

— Quelque chose me donne à croire que nous n'avons vu que la pointe de l'iceberg dans cette affaire...

Soudain, une voix provenant du rez-de-chaussée appela :

— Suki ! Mika ! Le cours est terminé !

Les jumeaux crapaudins levèrent le menton vers le plafond tandis que Lila se dressait d'un bond.

— Quoi? Le cours est fini? Qu'elle heure est-il? s'enquit-elle, paniquée.

— Euh... Il doit être autour de 17h, j'imagine... répondit Mika.

— Cet idiotdetripleimbéciledecrétin-lunatique ne m'a quand même pas oubliée ici ! ! !

La fée s'envola, délaissant ses nouveaux amis, et refit le chemin dans le plafond et les murs de la maison. Par l'ouverture près du calorifère, elle vit que la cuisine était déserte. Plus une trace d'aucun élève. Surtout, plus aucune trace de Robin !

Les poings serrés, Lila laissa échapper un juron entre ses dents puis retrouva les crapaudins au sous-sol. Une aura rouge enveloppait la libelline furieuse.

— Je n'en reviens pas ! Il m'a oubliée ! IL M'A OUBLIÉE ! ! !

— Tu peux rester ici sans crainte, tenta de la consoler Mika. Adélaïde t'accueillera en toute sé...

— Non ! Personne ne doit être au courant de ma présence ici ! Du moins, pas avant que je consulte Robin.

— Le même qui t'a oubliée ? releva Suki avec ironie. Comment ce jeune humain peut-il bien t'aider ?

Lila repoussa sa colère et se ressaisit.

— Robin est peut-être distrait, mais il est en quelque sorte mon tuteur depuis que j'ai atterri ici. Et j'ai confiance en son jugement !

En fait, si elle le défendait devant ces deux crapaudins, elle savait très bien qu'elle l'invectiverait toute la nuit lorsqu'il la récupérerait.

— Et vous, qui d'autre qu'Adélaïde connaît votre existence? demanda Lila, afin de changer de sujet.

— Personne, assura Mika. Chaque fois que quelqu'un se présente dans cette maison, nous nous réfugions dans la pièce ici.

— Vous n'avez pas rencontré sa petite-nièce non plus?

— Adélaïde ne nous a jamais présentés à aucun de ses élèves, pas même à Océane, nota Suki.

Pensive, Lila hocha la tête, les yeux plissés. Étrange...

Des pas résonnèrent dans l'escalier qui menait au sous-sol, puis ils parcoururent le couloir.

— Vite, cache-toi si tu ne veux pas être vue! lança Mika.

Il souleva un des nombreux coussins et invita la libelline à se cacher dessous. La serrure d'une porte dissimulée que Lila n'avait pas encore remarquée cliqueta et le battant s'ouvrit. Adélaïde apparut sur le seuil.

— Bonjour, mes trésors ! J'espère que je n'ai pas été trop longue !

— Euh... Non, non ! bafouilla Mika.

La dame se pencha et déposa un grand bol de fruits frais près d'eux.

— Ça va, mes petits tritons ? Est-ce qu'il y a quelque chose qui vous tracasse ? s'inquiéta Adélaïde devant les deux petites silhouettes raides.

— Non, rassure-toi, Adélaïde. Ce ne sont que les mauvais films d'horreur de mon frère qui me donnent un peu la nausée !

— Tu n'as qu'à ne pas les regarder !

— Et toi, pourquoi ne me choisis-tu pas quelque chose d'intelligent de temps en temps ?

Adélaïde éclata d'un rire cristallin.

Cachée à l'écart, Lila songea que la guérisseuse semblait en effet être une des protectrices de sa race. De plus, elle conclut que Suki et Mika étaient dignes de confiance, car ils ne l'avaient pas trahie. Malgré cela, le cœur de la libelline se serra. Où diable était Robin, pour l'amour de Titania ?

▲ ▼ ▲

La maison d'Océane surprit beaucoup Robin. Il s'était attendu à des éoliennes ou à des panneaux solaires, à des matériaux recyclés ou à des voitures hybrides. Mais non. Au bout d'une allée de maisons cossues, il découvrit une immense demeure à plusieurs paliers... avec une rutilante voiture garée devant la porte de garage !

En voyant la luxueuse automobile, les épaules d'Océane s'affaissèrent.

— Ah non !

Contrite, elle se tourna vers Robin avec un sourire plaqué.

— Euh, peut-être qu'on devrait revenir une autre...

— Océane ! coupa une voix. Viens m'aider à transporter tout ça à l'intérieur ! Tu peux emmener ton ami aussi.

Une grande femme élégante, vêtue d'un tailleur marine impeccable, ouvrit le coffre arrière de la voiture où s'empilaient les paquets. L'oreille collée sur son téléphone cellulaire, elle tendit quelques

sacs à Océane, faisant cliqueter les brace-
lets dorés à son bras. La jeune fille poussa
un soupir agacé.

— Robin, voici ma mère, Suzie...

La femme secoua la main tendue de
Robin, le visage éclairé d'un large sourire.

— Enchantée, Robin ! Tu es de la même
école qu'Océane ?

— Euh, je...

Suzie leva l'index pour lui signifier
qu'elle devait reprendre la conversation
avec son téléphone portable. Elle se lança
alors dans une longue tirade tout en tendant un amas de sacs vers Robin. Décon-
tenancé, le garçon posa son vélo et aida
Océane à porter les emplettes dans la
maison.

Dans une belle cuisine ensoleillée,
ventilée par de la climatisation même en
ce mois d'octobre, les deux adolescents
déposèrent les tas de sacs sur la table. Suzie
entra à son tour, débitant des consignes
via son cellulaire. Océane semblait de
plus en plus embarrassée. Ce n'était sans
doute pas l'image qu'elle voulait donner
à Robin de sa famille.

Sa mère fouilla parmi les nombreux achats et en sortit quelques morceaux de linge qu'elle tint devant sa fille pour s'assurer qu'ils lui iraient.

— Ah ! Maman ! Tu sais très bien que je ne porte que du coton biologique et équitable ! Pas de ces fringues fabriquées par des enfants du tiers-monde !

Surprise, Suzie cessa de parler au téléphone un moment. Elle remit les vêtements dans leurs sacs et maugréa :

— Bon. Je ne voulais que te faire plaisir. Si vous avez faim, les jeunes, j'ai acheté des biscuits et il y a du lait dans le réfrigérateur, dit-elle en lançant une boîte de galettes aux brisures de chocolat à Robin.

Affamé comme il était, Robin reçut le paquet et, la langue sortie, s'apprêtait à l'ouvrir quand Océane le força à le lâcher.

— Ne mange pas ça, c'est du poison ! Plein de farine de céréales transgéniques arrosées aux pesticides ! Comme tu peux le constater, ma mère n'est pas très sensible à l'environnement.

Suzie retira encore une fois le combiné de son oreille.

— Eh bien, ce n'est pas l'environnement qui va payer tous tes caprices ni cette école alternative hors de prix à laquelle tu vas !

Perplexe, Robin observait cet échange, souhaitant être à mille lieues de là. Il avait déjà assez de problèmes avec sa propre mère, son beau-père et sa demi-sœur, il n'avait pas besoin de se farcir les disputes d'une autre famille ! Robin, ou plutôt son estomac, regrettait déjà de ne pas avoir eu le temps de subtiliser un biscuit avant que la causerie ne dégénère.

Océane prépara deux grands verres remplis de glaçons.

— Pfffft ! C'est ça, continue de te faire griller la cervelle avec des micro-ondes, grommela-t-elle à l'intention de Suzie qui composait un nouveau numéro de téléphone. Viens, Robin !

La jeune fille l'entraîna ensuite à l'étage, dans sa chambre. Son havre reflétait mieux sa personnalité et ses principes que le reste de la demeure. Épuré, baignant dans des couleurs pâles et drapé de tissus naturels, ce refuge plut malgré tout à Robin. Avec les affiches de plantes et les étagères remplies de flacons, Robin avait l'impression de se retrouver chez Célestin. Et, fait plutôt étrange, il n'y avait pas d'ordinateur, ni d'ailleurs de machines qui fonctionnaient à l'électricité. Il y avait cependant une panoplie de livres qui jonchaient les commodes et le bureau.

Sur le rebord de la fenêtre patientait un pichet de liquide ambré dans lequel marinaient des feuilles et des fleurs. Océane versa de cette mixture dans les verres qu'elle avait apportés.

— C'est une tisane avec du miel que j'ai laissée infuser au soleil, expliqua-t-elle. Tu vas voir, c'est délicieux !

Elle ajouta une poudre rouge avant de servir le cocktail à Robin. Le garçon fixa le mélange, sceptique.

— J'ai ajouté de l'hibiscus séché. Allez, bois !

Robin ne voulait pas avoir l'air d'une mauviette devant cette fille, alors il inspira un coup avant d'avaler une gorgée de sa boisson. À sa grande – et agréable – surprise, la formule s'avéra savoureuse, parfumée de camomille, de miel et de menthe. Océane sourit devant l'air ravi de Robin.

— En passant, je suis désolée pour tout à l'heure avec ma mère, lança-t-elle. Parfois j'ai l'impression que nous ne vivons pas sur la même planète !

— Pas de problème... Je sais de quoi tu parles !

La conscience de Robin lui dicta que, d'habitude, c'était sa propre mère qui lui reprochait de ne pas faire assez attention à l'environnement... Chassant cette voix moralisatrice de sa tête, le garçon s'intéressa à un des nombreux livres étalés sur le lit : *Magie blanche, magie noire, magie verte : les plantes et la sorcellerie moderne*, d'une certaine Philomène Portelance, se démarquait du lot. Lorsqu'il voulut le feuilleter, Océane referma le bouquin et prit place à côté de lui.

— J'essayais de prendre un peu d'avance sur le cours d'Adélaïde. Mais comme tu le sais, c'est toujours Adélaïde qui est en avance sur nous !

Elle rit. Charmé par son regard d'émeraude, Robin termina son infusion sans s'en rendre compte. Elle reprit le pichet.

— Encore un peu de thé, Robin?

Ce soir-là, Robin grattait rêveusement le fond de son assiette nappée de ratatouille. Il planait sur son nuage, songeant à Océane et à ses magnifiques yeux d'un vert écologique.

Une fille de quinze ans l'avait invité, lui, Robin Sylvestre, à partager un thé chez elle ! Et en plus d'être super belle, elle s'intéressait au métier de guérisseur au moins autant que lui. Il avait déjà oublié l'épisode du pneu de camion crevé... Bof ! C'était pour une bonne cause ! Peu importait, il avait trouvé la femme de sa vie !

— Tu ne manges pas, Robin? demanda Esther.

— Je pense qu'il n'est plus sur la terre, remarqua Richard. Il est dans la lune depuis qu'il est rentré. À qui devons-nous cet air absent?

Le phylactère rose au-dessus de la tête de Robin éclata comme une bulle de savon.

— Euh... Personne! s'écria-t-il devant la perspicacité de son beau-père.

— Comment se passent tes cours avec Mme Bellefeuille? s'enquit sa mère, bien fière de voir Robin s'intéresser aux plantes et à leurs pouvoirs.

— Bien, bien, lâcha Robin avec indifférence, le nez baissé vers son repas pour éviter de trahir ses pensées.

— Tu apprends des choses?

— Plein.

— Tu dois être soulagé qu'elle ait pris le relais à la boutique.

— Oui.

Il détourna le regard, exaspéré. Robin n'avait aucune envie de discuter avec ses parents; de toute façon, ils ne comprenaient jamais rien à ses affaires. Et puis sa mère, même si elle connaissait bien le monde des végétaux, n'avait aucune idée de ce qui se passait réellement chez Célestin. Comme promis à son grand-père, il ne lui livrerait pas le secret non plus.

Robin fixa ensuite Laurie qui jouait avec ses poupées.

— Robin, tu as vu la poupée que Mégane m'a prêtée? C'est une fée et elle a des pouvoirs de...

Robin blêmit.

— Oh non!

Il se leva d'un bloc, renversant sa chaise, et se précipita sur son sac à dos qu'il fouilla avec frénésie. Étonnés par cette réaction soudaine, Esther, Richard et Laurie l'observèrent, alarmés.

— Elle ne va pas juste me donner de l'urticaire, elle va m'éplucher vif! Elle va me torturer jusqu'à ce qu'il ne reste plus qu'une masse de chair sanglante! s'exclama-t-il, pris de panique.

— De qui parles-tu, Robin? Que se passe-t-il? s'enquit Esther.

— J'ai oublié quelque chose chez Adélaïde ! Je dois y aller ! À plus !

Robin claqua la porte sur l'expression ahurie de sa famille.

▲ ▼ ▲

En arrivant devant la porte aux fioritures métalliques de chez Adélaïde, Robin pressa la sonnette qui fredonna son cantique. Il songea alors que dans son empressement, il avait oublié de trouver une excuse valable pour entrer chez la dame. De la manche de son parka, il essuya la sueur qui coulait le long de ses joues et tenta de se donner une contenance avant que son professeur n'arrive. Adélaïde l'accueillit avec un sourire de bienvenue auquel Robin répondit avec un rictus maladroit.

— Bonjour ! Qu'est-ce que je peux faire pour toi, Robin?

— Euh... Bonjour ! Je... J'ai oublié quelque chose ici cet après-midi !

— Ah? s'étonna la dame. Je n'ai rien trouvé pourtant. De quoi s'agit-il?

— De... De mon... trombone! lança Robin.

— Un trombone?

— Je... Je veux dire mon crayon! reprit-il en s'empourprant. Mon crayon chanceux! Il est en forme de trombone...

Robin leva les yeux au ciel: à chaque ajout, il s'enfonçait comme une mouche dans de la mélasse chaude. Ce soir, non seulement Lila allait le trucider, avec raison, mais Adélaïde découvrirait à quel point il était imbécile!

— Je n'ai rien vu de tel, mais entre jeter un coup d'œil si tu veux, mon ourson.

Le garçon pénétra dans la maisonnette, balayant des yeux tous les recoins. Pourtant, il savait bien que Lila devait se terrer derrière les murs. Comment pouvait-il lui signaler sa présence et l'attirer vers lui?

— J'ai découvert que je l'avais perdu en faisant mes devoirs! Je ne peux pas travailler sans! expliqua Robin en élevant la voix de façon exagérée.

Adélaïde sourcilla.

— Surprenant, étant donné que vous n'avez rien écrit durant le cours d'aujourd'hui...

Robin se mordit la lèvre. Cette guérisseuse était bien trop futée pour croire à ses histoires.

— Je... Je l'ai peut-être laissé à l'école aussi... Mais puisque je suis ici, je vais vérifier quand même !

Il regarda sous la table de cuisine, derrière les chaises, s'intéressa au calorifère et à la tuyauterie qui s'enfonçait dans le mur.

— Tu crois qu'il est allé si loin? demanda Adélaïde, un sourire en coin.

Robin bondit sur ses pieds.

— C'est vrai que ce serait surprenant qu'un étui entre là...

— Un étui? Je croyais que tu avais parlé d'un crayon?

Robin ouvrit la bouche pour se reprendre quand il sentit quelque chose se faufiler le long de son mollet, dans son pantalon. Pris de court, il émit un cri de surprise.

. — Tu sais, Robin, si tu veux me parler de quoi que ce soit, tu peux...

— Non ! Ça va ! Tout est parfait ! Je retrouverai mon... mon crayon un autre jour ! Merci !

Sur ce, il s'enfuit par la porte d'entrée.

En courant dans la rue, Robin se traitait de tous les noms, conscient qu'il s'était rendu ridicule. Adélaïde devait douter fortement de son équilibre mental ! Au prochain cours, il fondrait d'embarras sous le regard du professeur. Au moins, il n'était pas reparti bredouille...

Il ressentit une douleur vive à la jambe et bifurqua derrière un buisson à l'abri des regards.

Dès qu'ils furent dissimulés, Lila souleva le bas du pantalon et s'échappa. Les bras croisés, elle fixa Robin, ses petits yeux noirs rétrécis par la colère.

— As-tu le cerveau ramolli ou quoi? TU M'AS OUBLIÉE!

— Je sais...

— Comment as-tu pu? Tu es bête à manger du foin! Tu m'envoies explorer puis tu me laisses là comme la dernière des gourdes!

— Calme-toi! Sinon, tu vas attirer l'attention sur nous! Tu éclaires le quartier comme un gyrophare avec ta furie! chuchota Robin en la couvrant de son parka.

La peau de la fée s'était enflammée d'une lueur écarlate. Les poings serrés, elle cracha:

— Je devrais te...

— Vas-y, donne-moi de l'urticaire si ça te fait plaisir !

— Grrrrr ! Non, je devrais te donner l'hypertrichosis et voir quelle tête ça te ferait !

— Qu'est-ce que c'est ?

— Tu ne veux pas savoir !

Un ange passa. La peau de Lila perdit graduellement sa teinte rouge. Robin soupira : malgré tout, il était soulagé d'avoir retrouvé la libelline.

— Je m'excuse, murmura-t-il.

— Renouvelle ma garde-robe et je te pardonnerai !

— N'en demande pas trop !

Contre toute attente, Lila éclata de rire.

— Au moins, ma petite escapade a été utile !

— Qu'as-tu trouvé ?

— Adélaïde a un atelier bien garni dans son sous-sol. En plus, il y a une salle d'attente. Elle est sûrement encore très active dans la communauté des guérisseurs.

Lila choisit de ne pas parler immédiatement des crapaudins jusqu'à ce qu'elle tire toute la situation au clair; surtout qu'elle leur avait demandé de ne pas la trahir, alors elle leur devait bien la pareille. De plus, une foule de questions se bousculaient encore dans sa tête sur le lien entre Adélaïde, les sylphes et celui qui les avaient transportés ici. Elle y entrevoyait une importante progression dans son enquête.

— C'est une bonne découverte, en effet! s'exclama Robin malgré l'importante omission de Lila.

Une voiture vrombit tout près et le garçon cacha la fée dans son manteau.

— Tu me raconteras tout plus tard! Pour l'instant, nous ferions mieux de rentrer avant d'être repérés!

Robin déguerpit en direction de chez lui. Lorsqu'il piqua à travers le terrain de jeu de l'école, il remarqua Caboche qui jouait au basket. Si ce dernier n'était pas à la maison à cette heure un soir de semaine, c'était que quelque chose n'allait pas. Robin le connaissait trop bien.

— Hé ! La brute ! Ça va ? le héla Robin d'un ton jovial en approchant.

La mine sombre, Caboche jeta un coup d'œil par-dessus son épaule et continua de dribbler.

— Ah, c'est toi. Laisse-moi tranquille.

Robin s'arrêta.

— Quoi ? Qu'est-ce que j'ai fait ?

Caboche continuait de l'ignorer, mais Robin ne se laissa pas abattre. Il était conscient que son ami éprouvait encore de la frustration parce qu'il l'avait démis de ses fonctions à la boutique. Et le seul moyen de consoler Caboche était de lui prouver que, malgré cela, rien n'avait changé entre eux.

Robin déposa son manteau sur un banc et fit signe à Lila d'être discrète. La fée hocha la tête et puisque le terrain de jeu était désert, elle se permit d'observer la joute.

Robin se faufila à côté de Caboche et lui subtilisa le ballon avant de remonter vers le panier. Caboche émit un grogne-ment de rage et poursuivit celui qui s'immisçait sans gêne dans son jeu. Aucune parole ne fut échangée durant un long moment, pourtant l'atmosphère se détendit. Lorsque Caboche compta le point décisif de la partie, Robin essuya la sueur sur son front et regarda sa montre.

— Il est déjà presque neuf heures. On devrait peut-être rentrer, lança-t-il.

Caboche reprit son souffle puis baissa les yeux vers le ballon entre ses mains.

— Tu peux y aller. Moi, je vais rester encore un peu.

— Qu'est-ce qui se passe?

Caboche mit un moment avant de répondre.

— Mon vieux n'est pas trop, trop de bonne humeur ce soir. Un genre d'écologiste cinglé a crevé les pneus du *pick-up* de son entreprise et a laissé un message avec un slogan environnementaliste sur le pare-brise. Ça s'est passé cet après-midi pendant que mon père achetait du matériel de construction qu'il s'apprêtait à charger dans la boîte arrière...

Il pouffa, amer.

— Penses-tu que quelqu'un a déjà réussi à livrer du bois et des outils sur un chantier en prenant le métro ?

Robin s'installa à une table de la cafétéria et réserva quelques places en attendant ses amis. Durant les derniers jours, la boule de culpabilité au fond de son ventre n'avait fait qu'enfler jusqu'à prendre la taille d'une idée fixe. Surtout après ce que Caboche lui avait raconté. Robin avait envie de se cacher au fond d'un garde-robe avec une couverture sur la tête.

Devant ses amis, il arborait une façade qui menaçait de céder n'importe quand : il était devenu hyper nerveux, il dormait mal et sursautait au moindre bruit. Paranoïaque, il avait l'impression que tout le monde le dévisageait. Robin était un criminel! Il n'y avait pas d'autre mot pour le qualifier.

Il n'avait même pas eu le cœur de se confier à Lila, car il savait trop bien qu'elle le semoncerait à mort! Mais là, il n'en pouvait plus.

Tandis qu'il rédigeait quelques lignes pour son travail de français, Brindille vint prendre place à côté de lui.

— Salut! Encore en train de travailler seul? ironisa la jeune fille.

Robin soupira, irrité.

— Bianca était occupée ce midi. Un truc contre les braconniers qui coupent les ailerons de requins.

— Je sais, j'ai signé sa pétition. Ça doit être une bonne cause, elle s'est même déguisée en requine pour ça! ricana Brindille. Elle organise aussi un lave-o-thon pour la sauvegarde des océans...

— Elle accorde plus d'importance au parascolaire qu'au scolaire! déplora Robin.

— Tant qu'elle t'a, elle sait qu'elle peut t'utiliser pour les travaux.

Démonté, Robin se prit le visage entre les mains.

— Brindille, il faut que je te parle de quelque chose.

— Quoi?

— Tu sais, l'histoire des pneus crevés sur le *pick-up* du père de Caboche? Eh bien... C'était moi!

Robin lui raconta son après-midi avec Océane, ses opinions un peu trop appuyées et sa détermination à faire respecter l'environnement à tout prix. Brindille écouta le récit, atterrée.

— J'ai souvent douté de ta santé mentale, Robin, mais là, c'est le comble! Il faut que tu le lui dises!

— Une minute! Je ne peux pas avouer ça! Je me confiais à toi, c'est tout!

— Et moi, je ne veux pas avoir à porter le poids de tes niaiseries! Tu dois en parler avant de t'enfoncer encore plus!

— OK! OK! Mais donne-moi du temps! Je n'ai pas envie que Caboche réclame mon scalp!

Brindille inclina la tête, les lèvres pincées, en désaccord total avec lui. Cependant, Robin savait qu'elle était assez intègre pour ne jamais trahir son secret. En revanche, il était dans de beaux draps et devait trouver le moyen de s'en sortir !

À ce moment, Caboche déposa son sac à lunch sur la table devant eux. Robin bondit si haut qu'il en tomba en bas de son banc.

— Qu'est-ce qu'il y a ? demanda Caboche, suspicieux.

— Rien. Robin en a seulement bien lourd sur la conscience, lâcha Brindille.

Sur ce, ils dînèrent dans un silence pesant en évitant de se regarder.

▲ ▼ ▲

Cet après-midi-là, Robin remontait la rue en direction de chez Adélaïde en se rongeant les ongles jusqu'aux phalangettes. Il n'avait aucune envie de se rendre à son cours et il en ressentait des crampes à l'estomac. Comment allait-il aborder Océane? Et Adélaïde? Cette dernière devait d'ailleurs le prendre pour un dérangé après sa visite impromptue de l'autre soir ! Dire qu'il croyait améliorer son sort en rencontrant la guérisseuse et en lui cédant la gestion de la boutique...

Dans son sac à dos, Lila, elle, jubilait pour une autre raison.

— Je le sens ! Je sens qu'on va découvrir qui est à la source des enlèvements !

Depuis le mardi précédent, la fée n'avait pas arrêté de parler du mystérieux sous-sol d'Adélaïde et des indices qu'elle souhaitait y recueillir. Préoccupé, Robin ne l'écoutait que d'une oreille.

— Hé, oh ! Je te parle !

Robin reçut une pichenette derrière l'oreille.

— Aïe !

— Tu n'écoutes pas ! En fait, tu ne m'écoutes jamais ces temps-ci !

— J'ai autre chose en tête en ce moment, Lila !

— Le sort des fées ne t'intéresse plus ?

— Non, ce n'est pas ça ! C'est juste que...

— Hé, Robin! s'écria soudain une petite voix mélodieuse.

Lila se rétracta au fond du sac à dos lorsque Camélia traversa la rue vers Robin.

— Tu parles tout seul? demanda la jeune fille avec un sourire coquin.

Figé, Robin ne répondit pas. Cette fille le terrorisait: elle semblait lire à travers lui avec ses grands yeux marron qui papillotaient sans cesse. Tel que l'avait mentionné Lila, sa verve semblait cacher ce qu'elle était vraiment. D'une part, elle portait des vêtements bigarrés aux couleurs dignes d'un sucre d'orge, et de l'autre, elle était d'une étonnante lucidité.

— Ne t'en fais pas, je respecte ça! C'est entre toi et moi... et ton ami imaginaire, bien entendu!

— Je... Je n'ai pas de...

— Ah! Détends-toi, Robin! Je ne mords pas! Enfin, pas habituellement! gloussa-t-elle. Moi aussi j'ai des tas d'amis imaginaires! C'est seulement qu'ils sont difficiles à suivre!

— Tu es sérieuse, des fois?

— Mais je suis *toujours* sérieuse ! Ce n'est pas parce que c'est drôle que ce n'est pas sérieux, répliqua-t-elle avec un clin d'œil. Et d'abord, un gars qui porte des espadrilles vert fluo ne peut pas être si rationnel...

Robin baissa les yeux et ne put se retenir de rire.

— J'imagine que non.

— Viens ! Allons voir ce que tantine Adélaïde nous a concocté comme collation !

Elle lui saisit la main et l'entraîna vers la maisonnette avec un rire contagieux. Chez Adélaïde, une enivrante odeur embaumait la demeure. Robin et Camélia furent accueillis par un plateau de madeleines fraîchement sorties du four.

— Bonjour, mes poulains ! lança Adélaïde aux nouveaux arrivants en essuyant ses mains sur son tablier. Et Robin, j'espère que tout va bien pour toi, aujourd'hui ?

En repérant le demi-sourire amusé de la dame, l'adolescent hocha la tête, les joues cramoisies. Heureusement, Adélaïde ne mentionna rien d'autre à propos de sa visite de l'autre soir.

— Inutile de pleurer quand on a des madeleines ! lança Camélia qui attrapa quelques pâtisseries avant de prendre place à la table avec les autres.

Alexis était déjà attablé à côté d'Océane qui jeta un regard aussi complice qu'envoûtant en direction de Robin. Celui-ci tergiversa avant de s'asseoir à la place qu'elle lui désignait : avec la semaine d'angoisse qu'il venait de passer, il n'était plus certain des sentiments que lui inspirait Océane... À contrecœur, il se joignit aux élèves d'Adélaïde pour que débute le cours.

Le temps du goûter terminé, la guérisseuse attira l'attention de ses apprentis sur une plante qu'elle avait posée au milieu de la table. Blême et fragile, le végétal semblait provenir d'un autre monde.

— Aujourd'hui, nous allons nous pencher sur les vertus du monotrope uniflore...

Les pensées de Robin s'envolèrent aussitôt comme des papillons. Il était incapable de se concentrer et ne cessait de penser à la manière dont il aborderait Océane à propos de l'incident du pneu...

▲ ▼ ▲

À un mètre de lui, à l'abri des regards, sous la table, Lila se dégagea discrètement du sac à dos de Robin pour se faufiler derrière le calorifère. Elle vola le long des tuyaux jusqu'à la pièce où elle s'était découvert des alliés sept jours plus tôt. Puisqu'elle n'obtenait aucune réponse en frappant de son petit poing à la porte, elle se permit d'entrer.

— K.O. pour la septième fois ! Je te le dis, Mika, tu ne m'auras pas à ce jeu ! s'écria Suki en pianotant avec frénésie sur la manette de jeu vidéo.

— Tu veux voir ce que ça donnerait dans la vraie vie ? grogna son frère.

— Ne me demande plus de jouer si tu es mauvais perdant !

— Euh... Bonjour ?

Les crapaudins se tournèrent vivement. Suki accueillit Lila avec un large sourire, les bras ouverts.

— Ah, enfin un être intelligent pour me tenir compagnie à la place de cet amphibien galeux qui me sert de frère !

— Tu es ma jumelle, alors celle qui le dit, c'est elle qui l'est ! répliqua Mika avant de saluer la libelline d'un timide signe de la main.

— Je vois que votre isolement n'améliore pas votre relation, constata Lila.

Elle déplia une feuille blanche sur laquelle était dressée une liste.

— J'ai poursuivi l'enquête de mon côté, cette semaine. Robin avait la tête quelque part dans les nuages, alors j'ai décidé de ne pas lui parler de vous pour l'instant.

— Mika aussi a su tenir sa langue et n'a pas parlé de toi à Adélaïde.

Mika adressa un regard noir à sa sœur et Lila sourit.

— Je me suis dit que si, normalement, les seules personnes dans les parages à connaître notre existence étaient les guérisseurs, poursuivit la libelline, le réseau devait leur être relié...

— Ne tires-tu pas un peu vite tes conclusions ? Ces gens sont censés nous protéger, pas nous vendre ! avança Mika.

— Ce devait être le cas de Célestin Sylvestre, qui est un guérisseur reconnu et qui s'est pourtant laissé tenter. D'autres pourraient avoir été corrompus aussi ! expliqua Lila. D'ailleurs, vous m'avez dit que vous aviez rencontré d'autres sylphes dans un souterrain après votre enlèvement et qu'un homme les accompagnait...

— Mais ces sylphes étaient là de leur plein gré! la coupa Suki. Ils voulaient même qu'on se joigne à eux!

— Et l'homme, aurait-il pu être un des guérisseurs?

Suki haussa les épaules.

— Nous l'avons à peine vu, nous ne savons rien de lui.

— J'ai demandé à Robin de me dire les noms qui sont inscrits, continua Lila en énumérant les guérisseurs du Cercle. Nous pouvons déjà éliminer les trois premiers: Célestin Sylvestre, Nolana Pavel et Adélaïde Bellefeuille. Mais est-ce que les autres vous rappellent quelque chose? Séverine Courtemanche, Onézime Sanscartier, Zéphirius Brouillard, Philomène Portelance, Isilbert Tranchemontagne... Tranchemontagne comme l'autre élève d'Adélaïde, remarqua-t-elle tout bas.

— Onézime! lâcha soudain Mika.

— Quoi? D'où sors-tu ça? s'étonna sa sœur.

— Ça me revient! Un des sylphes a appelé le vagabond «Onézime». Je n'étais pas certain que c'était son nom parce que je ne comprenais pas tout ce qu'il disait, mais je suis presque convaincu d'avoir entendu ça ...

— Onézime Sanscartier, murmura Lila, pensive.

— Encore une fois, au risque de me répéter, cet individu ne détenait personne de force ! intervint Suki.

— Pourquoi serions-nous tombés entre ses mains, alors? Et pourquoi nous tenait-il encagés et nous demandait-il d'adhérer à sa cause?

Assis tous les trois côte à côte, ils ruminèrent un moment cette découverte.

— Peut-être qu'il n'est pas celui qui nous a importés d'Adalbon, mais Onézime Sanscartier est sans doute une des clés qui nous aidera à éclaircir cette énigme, affirma Lila avec détermination.

— Et pourquoi appelle-t-on le mono-trope uniflore la plante fantôme, Robin?

L'adolescent sursauta en entendant son nom. Avec un air de détresse, il regarda Adélaïde la bouche entrouverte sur une réponse qui ne venait pas.

— Euh...

— Parce qu'il n'a pas de chlorophylle ! souffla Camélia à l'oreille de Robin.

— Camélia, ne l'aide pas ! Il ne peut pas l'apprendre s'il ne réfléchit pas à la réponse ! la gronda la guérisseuse.

— S'il rougit comme ça, c'est que ça vient de le marquer au fer pour le reste de sa vie ! Il ne l'oubliera pas de sitôt, promit la jeune fille en revanche.

Tout le monde autour de la table éclata de rire sauf Robin qui, embarrassé, se prit le visage entre les mains. Le pire, c'était que Camélia avait raison...

— Bien ! Nous allons arrêter le cours ici aujourd'hui. N'oubliez pas, mes lapins : votre devoir est de recueillir quelques plantes que vous trouverez sur votre chemin cette semaine. Même les bords de rues et les terrains vagues sont des endroits fertiles et vous pourriez être surpris des vertus de ces plantes !

Alexis jeta son sac sur son épaule et s'en alla avec son habituelle dégaine cadencée en saluant le groupe. Camélia, quant à elle, déposa quelques madeleines dans la bouche de son sac à l'apparence d'ours en peluche et nota la recette d'Adélaïde dans un carnet. D'un geste discret, Robin prit son sac et en écarta les pans : il repéra une paire d'yeux noirs au fond et sourit avant de tirer la fermeture éclair. Lila était revenue à bon port.

Il s'apprêtait à s'esquiver lorsque la guérisseuse l'interpella dans le vestibule.

— Robin, la serre de Célestin doit être nettoyée ce soir et je dois malheureusement me rendre à une réunion des herboristes urbains. Est-ce que ça te dérangerait de me rendre ce service?

— Euh... Non! Bien sûr que non!

Malgré cette réponse volontaire, l'appréhension se refléta sur sa figure décomposée. Adélaïde le sentit.

— En fait, tu n'as qu'à arroser un peu, mon canard. Le reste pourra attendre quelques jours.

— C'est bon, acquiesça Robin, soulagé et reconnaissant.

Derrière lui, Océane fit la bise à sa grand-tante avant de sortir sur ses talons.

— C'était un bon cours aujourd'hui!

— Ouais.

— Mis à part les inepties de Camélia qu'il faut endurer chaque fois.

Robin pouffa. Oui, c'était vrai que la jeune fille était plutôt originale...

— Elle me tape royalement sur les nerfs, celle-là!

Robin se tourna et, déconcerté, remarqua que Camélia les suivait et avait tout entendu. La bouche pincée, elle releva le menton.

— Bonne semaine à vous deux, les grands sérieux, lâcha-t-elle entre les dents.

Sur ce, elle tourna les talons et foula le trottoir d'un pas rapide, le corps droit et l'attitude digne. Les yeux rétrécis, Océane la regarda s'éloigner puis reporta ses iris couleur d'émeraude sur Robin qui aurait voulu se cacher dans un des buissons exotiques qui ornaient le parterre d'Adélaïde.

— Tu n'as pas ton vélo aujourd'hui? constata Océane.

Mal à l'aise, Robin délaissa la silhouette raide de Camélia : elle était peut-être déjantée, pourtant il ne pouvait s'empêcher de la trouver sympathique.

— N... non. Je n'avais pas de livraisons à faire après l'école, alors je suis venu à pied.

— C'est bien. On marche ensemble ?

— Euh... OK !

Ils remontèrent la rue en silence. Robin ne savait comment aborder l'épineuse question de l'environnement et des moyens à prendre afin de le protéger. Il repensa au discours très sensé de Brindille qui dénonçait les méthodes radicales d'Océane et aux conséquences que cela avait eues pour Caboche. Pourtant, il ne voulait pas se mettre Océane à dos en rejetant ses théories: certaines avaient un sens et ils avaient bien d'autres choses en commun. Il évita donc le sujet.

— Depuis combien de temps prends-tu des cours avec Adélaïde?

— Quelques années. Mais elle a longtemps été à l'étranger, ces derniers temps, alors elle n'a repris qu'à la fin de septembre.

— Et Alexis et Camélia, comment ont-ils été mis en contact avec elle?

— Alexis est le fils d'un autre guérisseur notoire: Isilbert Tranchemontagne. Je ne sais pas grand-chose sur lui sinon qu'il vient de loin dans le nord et qu'il est absent un cours par mois pour une raison nébuleuse. Camélia, elle, a sans doute été pêchée quelque part dans un asile.

Robin grinça des dents.

— Et quel est le lien de parenté d'Adélaïde avec tes parents? poursuivit-il, conscient de la futilité extrême de ses questions.

En fait, il cherchait plutôt à combler les silences pour éviter un malaise.

— C'est la tante de ma mère... Comme tu as pu voir l'autre jour, il est difficile d'établir une ressemblance physique ou comportementale entre elles. Je me pose des questions chaque jour sur mes origines familiales! Entre un père qui travaille comme courtier et une mère qui est dans le commerce, je me demande d'où je viens. Ah... Tu m'attends une minute?

Robin s'arrêta. Il leva les yeux et constata qu'ils étaient devant une laverie.

— Euh... oui, bredouilla-t-il, interloqué.

Dès qu'Océane disparut à l'intérieur, une petite voix rouspéta derrière Robin.

— Où est-elle ? Qu'est-ce qu'elle fabrique? demanda Lila.

— Je ne sais pas. Elle vient d'entrer dans une laverie, répondit Robin en scrutant la vitrine de l'établissement.

Océane arpentait les allées entre les lave-linge en marche et s'intéressait aux boîtes de détergent qu'utilisaient les clients.

— Tu ne la trouves pas bizarre, cette fille, toi?

Robin se détourna de la vitrine pour éviter qu'Océane ne le voie et croie qu'il se parlait à lui-même.

— Elle est ce qu'elle est...

— Si Adélaïde a choisi de ne pas la mettre au courant des sylphes, d'Adalbon et de certains aspects du métier, c'est qu'il y a une bonne raison ! décréta la fée.

— Adélaïde attend peut-être le bon moment... De toute façon, je suis certain qu'Océane serait la première à défendre les tiens !

— Je te l'ai déjà dit : elle me donne froid dans le dos !

— Tu dis ça chaque fois que quelqu'un risque de te voler la vedette...

— J'ai fini! lança Océane en sortant de la laverie. Tu viens?

Avec un sursaut, Lila se relogea au fond du sac. Robin, lui, jeta un œil à l'intérieur du commerce. Tout semblait normal sauf qu'il nota que des feuilles imprimées ornées d'un triskèle avaient été apposées sur plusieurs des lave-linge.

— Qu'as-tu fait? demanda Robin en la suivant.

Elle esquiva la question, gesticulant de façon théâtrale.

— Peux-tu croire qu'il y encore des gens qui utilisent des détergents contenant des phosphates? Comme s'ils n'avaient pas été assez sensibilisés, ces dernières années, avec la prolifération d'algues bleues dans les lacs...

— Mais...

Soudain, elle lança tout de go:

— Je peux aller chez toi? J'aimerais bien rencontrer ta famille. Et puisque tu connais la mienne, tu comprends pourquoi je n'ai pas le goût de retourner trop vite chez moi!

— Euh... Bien...

— La fille de Célestin Sylvestre ! Adélaïde m'a dit que ta mère était une naturopathe réputée ! Tu es si chanceux !

Robin grimaça. Il n'avait jamais perçu Esther de cette façon, sans parler des décoctions et des mets immangeables qu'elle le forçait à avaler...

Avant qu'il ne s'en rende compte, la conversation à sens unique le mena jusqu'aux marches de son perron. Il hésita un moment avant de faire entrer Océane, puis songea qu'elle s'entendrait sans doute bien avec Esther. C'est Lila qui serait fâchée de ne pas avoir de répit et d'être confinée à sa chambre. Mais bon, tant pis...

En entrant, Océane s'extasia devant les plantes qui se bousculaient aux fenêtres, les bibliothèques qui regorgeaient de livres sur la botanique et l'aspect général de la maison qui reflétait bien les intérêts d'une naturopathe. Robin s'éclipsa un instant pour aller jeter son sac à dos sur son lit et, dans sa hâte, il ne referma pas bien la porte de sa chambre qui demeura entrouverte.

Lorsque Lila risqua un œil à l'extérieur de sa cachette, elle réalisa que Robin l'avait larguée là comme un vulgaire tas de chaussettes sales avant de retourner auprès de cette Océane... Insultée, elle serra la mâchoire et les poings.

▲ ▼ ▲

Au rez-de-chaussée, Robin trouva Océane dans la cuisine.

— Ça sent trop bon, ce que vous cuisinez ! dit la jeune fille à Esther en humant l'air.

— Merci, répondit la mère de Robin avec un demi-sourire. Je ne suis pas habituée aux compliments, étant donné que c'est le plat que Robin déteste le plus !

Robin leva les yeux au ciel.

— Tu n'aimes pas le ragoût de tofu ? s'étonna Océane. Ah ! Si seulement ma mère à moi en faisait de temps en temps !

— Maman, voici Océane. Elle suit des cours chez Adélaïde avec moi...

— Est-ce que tu voudrais manger avec nous, Océane? proposa Esther devant l'enthousiasme de la jeune fille.

— Oh oui! s'exclama celle-ci.

Robin sourit, mi-figue, mi-raisin. Il était bien content que cette fille s'intéresse à lui et à sa famille, pourtant un drôle de sentiment le troublait. Aujourd'hui, Océane était un peu... envahissante! Et contrairement à son habitude, elle était trop exubérante. Cette pétulance ne lui ressemblait pas, c'était comme si elle jouait un rôle. Était-elle nerveuse? Robin ne pouvait que se demander ce qu'elle voulait vraiment.

Cette observation le décida à prendre son courage à deux mains: ce soir, il glisserait deux mots à Océane à propos de ses actions écologiques radicales. Sinon, Brindille finirait par sévir et Robin ne voulait pas perdre la face vis-à-vis de son amie!

Esther ajouta un couvert et invita tout le monde à prendre place en déposant le ragoût au centre de la table.

— Servez-vous!

Océane se délecta, par contre elle affirma :

— Vous ne devriez pas prendre cette marque de tofu, le soya n'est pas garanti biologique.

— Ah, je... ne savais pas, dit Esther.

Durant le repas, la jeune fille se tourna ensuite vers Richard.

— Robin m'a raconté que vous étiez avocat. J'espère que vous défendez les bonnes causes ! Que pensez-vous de l'environnement ?

— Je...

Puis, elle s'adressa à Laurie.

— Tu as vérifié que tes poupées ne faisaient pas l'objet d'une rappel par le fabricant? Ils ont trouvé du plomb dans certaines...

Dépitée, Laurie jeta un air méfiant et un peu effrayé à sa poupée Juliette.

Robin mangeait en silence, de plus en plus irrité et embarrassé par la ronde de commentaires d'Océane. Elle avait sans doute raison, mais elle devenait agaçante à force de tout critiquer.

Quand il en eut assez, Robin se leva de table.

— Adélaïde m'a demandé d'aller chez Célestin ce soir. Je dois partir.

Ayant à peine terminé de mastiquer sa dernière bouchée, l'adolescente sembla surprise de se faire ainsi brusquer.

— Maintenant ? Euh... Je t'accompagne ! Merci pour le ragoût, Esther ! Bonsoir, Richard et Laurie ! À bientôt ! lâcha-t-elle en saisissant son sac à la hâte pour rejoindre Robin qui sortait déjà de la maison.

Autour de la table, la tension se relâcha d'un cran, même si tous étaient éberlués par l'attitude de Robin ces derniers temps.

▲ ▼ ▲

La tête rentrée dans les épaules, Robin marchait vite et Océane peinait à le rattraper.

— Hé, oh, Robin ! Qu'est-ce qui se passe ?

— Je suis pressé, maugréa-t-il.

— D'après ce qu'Adélaïde disait, ça n'avait pas l'air d'une question de vie ou de mort. Je peux y aller avec toi ?

— Non, ça va. Célestin ne laisse pas entrer beaucoup de monde dans la serre. Ce n'est pas sécuritaire.

— Tes amis y sont bien entrés, eux !

Soudain, Robin stoppa sa course. À la laverie, au coin de la rue, il vit sortir une femme au visage rouge de colère. Elle portait un panier de linge qui avait dû être blanc et qui, à présent, était taché de toutes sortes de couleurs. Dans une main, elle tenait une feuille marquée d'un triskèle. Derrière elle, le propriétaire du commerce s'excusait, bredouillant qu'un pareil événement ne s'était jamais produit auparavant.

Robin quitta la scène des yeux et fixa Océane d'un regard accusateur.

— C'est ça que tu as fait tout à l'heure ?

— Elle va sans doute changer de détergent après ça...

C'en était trop ! Cette fois, Robin explosa.

— Même si tu as les meilleures raisons du monde, tu ne peux pas tout vandaliser !

Nonchalante, elle prit un baume dans son sac et s'en enduisit les lèvres.

— Tu mériterais d'être dénoncée !

— Toi aussi, lui fit-elle remarquer. Tu n'as pas les mains aussi propres que tu voudrais le faire croire...

— Grrrr ! Laisse-moi tranquille !

Robin tourna les talons, furieux. À peine avait-il avancé de quelques pas qu'il l'entendit sangloter. Incapable d'ignorer ces pleurs, il ralentit et soupira. Océane avait le visage caché entre les mains et versait des larmes, seule au milieu du trottoir.

Robin la prit en pitié et revint vers elle pour lui poser la main sur l'épaule.

— Je m'excuse, je n'aurais pas dû te lancer ça comme ça. C'est sorti un peu raide. Mais je voulais t'en parler aujourd'hui...

— Pourtant, tu le sais, j'ai de bonnes intentions ! hoqueta-t-elle. Mon seul but est de sensibiliser les gens !

— Tu en fais peut-être un peu trop, justement. En mettant les gens en rogne, tu n'aides pas ta cause. Tu risques même de lui nuire !

Océane releva le menton et planta ses yeux verts dans ceux de Robin.

— C'est évident que tu es le petit-fils d'un grand guérisseur, Robin Sylvestre...

La jeune fille approcha le visage du sien. Hypnotisé, Robin n'osa pas bouger.

— Je me sens bien avec toi. Tu es un bon gars... Veux-tu me montrer le bon chemin ?

Et elle l'embrassa.

— Bonne nuit, Robin. Fais de beaux rêves, souffla une voix chaude.

La porte arrière de la boutique de Célestin se referma sans bruit. Robin entreprit à son tour d'enlever sa combinaison de plastique. Lorsqu'il voulut prendre son manteau posé sur l'établi, une silhouette ailée s'en échappa et vola à quelques centimètres de son visage.

— Lila ? Tu étais cachée tout ce temps-là ?

— En effet ! Ça prend bien quelqu'un pour te surveiller ! Tu m'avais larguée dans ta chambre sans rien dire !

Le dos tourné, le garçon ne répondit pas et rangea son matériel de serriste dans une armoire.

— Qu'est-ce que cette chipie est allée faire dans la serre? s'enquit la fée, méfiante.

— Elle voulait savoir comment on nourrit les plantes.

— Ha! Je doute que ce soit juste ça! Elle est trop opportuniste!

— Parle pour toi.

Lila fit volte-face.

— QUOI?! Ne m'insulte pas! Je ne me situe certainement pas dans la ligue de cette empoisonneuse!

— C'est pourtant toi qui empoisonnes ma vie depuis des mois! Fous-moi la paix, Lila! Et ne m'espionne plus!

Sur ce, il claqua la porte, la verrouilla et partit d'un pas hardi. Sidérée par cette sortie inattendue, Lila demeura un moment suspendue dans l'air poussiéreux du commerce. Lorsqu'elle réalisa qu'il l'avait non seulement vexée mais qu'il l'avait aussi enfermée là, elle hurla de rage, enveloppée d'une aura d'un rouge intense.

Qu'est-ce qui lui prenait? Certes, ils avaient déjà eu de nombreuses prises de bec, mais il ne l'avait jamais traitée avec autant de hargne et de méchanceté. Pourquoi ce soudain changement d'attitude? Il y avait anguille sous roche, ce n'était pas normal!

La libelline arpenta la boutique à la recherche d'une issue, puis monta à l'étage dans l'appartement de Célestin. Étant donné que le guérisseur était à l'étranger pour une période indéterminée, les portes et les fenêtres avaient toutes été soigneusement fermées. Lila posa ses yeux noirs sur le vieux foyer de briques; ce n'était pas idéal, mais ça pouvait fonctionner.

Elle vola dans l'âtre et remonta la cheminée. Celle-ci était bloquée par une trappe. Lila soupira et, avec un élan, poussa sur le clapet de ses deux mains minuscules. Le rabat céda et, au bout d'un long tunnel noir, la fée émergea dans la nuit, enduite de suie.

— Tu vas me payer ça, Robin Sylvestre!

Et dire qu'à peine quelques jours auparavant, elle tentait de convaincre Suki et Mika que Robin était son protecteur ! Ses certitudes venaient de tomber à l'eau. Ou plutôt, dans la suie.

Du haut de l'édifice qui abritait la boutique « Mélange magique », Lila avait un excellent point de vue en plongée sur le quartier.

D'un côté, elle vit Robin se diriger chez lui, les mains dans les poches et la démarche traînante. De l'autre, Océane traversait une rue au loin.

Lila irait-elle relancer Robin ? Elle hésita un moment, puis décida que ça pouvait attendre. Elle préférait rendre visite à Océane : cette fille avait définitivement une mauvaise influence sur Robin...

Et la libelline voulait lui rendre la monnaie de sa pièce !

▲ ▼ ▲

Le lendemain midi, Caboche retrouva Robin à la cafétéria. Son repas à moitié mangé à côté de lui, Robin était concentré sur ses papiers.

— Tu as le goût d'une petite partie de basket pour prendre ta revanche ce soir ? demanda Caboche en cueillant un sandwich peu garni dans son sac à lunch.

Robin leva à peine les yeux.

— Non... Je n'ai pas le choix de piocher sur ça.

— Et puis? Il avance, ce travail de français ?

— Pas vraiment.

— Bianca n'est pas en équipe avec toi ?

— Ouais... Je l'attendais ce midi, mais elle ne s'est pas encore présentée.

Caboche ricana.

— Brindille est plus efficace...

— On sait bien ! Ça doit être elle qui a fait toute la recherche à ta place ! rétorqua Robin, l'air mauvais.

— Quoi? Elle a dit ça? s'écria Caboche.

— Pas besoin, c'est assez évident, non ?

Caboche posa les poings sur la table.

— Hé, c'est quoi ton problème, tête de nœud? Tu te prends pour un autre depuis que tu suis tes cours de potions magiques et que tu n'as plus besoin de nous pour tes boulots pourris ?

— Ah, ça va, Caboche ! Inutile de donner une nouvelle preuve que tu es un abruti !

Avec un grognement mauvais, Caboche empoigna Robin par-dessus la table. À cet instant, Brindille surgit entre eux pour les séparer.

— Voyons ! Qu'est-ce qui se passe ici ?

— Le minus a décidé qu'il était trop important pour nous adresser la parole... Môssieu est un grand guérisseur maintenant ! persifla Caboche entre ses dents.

— Robin, qu'est-ce que tu as ? C'est vrai que moi aussi je ne te reconnais plus, ces jours-ci, affirma Brindille.

Le visage fermé, Robin jeta son matériel dans son sac à dos.

— Brindille, arrête de vouloir tout contrôler ce que je fais ! Je n'ai pas besoin d'une deuxième mère ni d'un arbitre dans ma vie !

Il se leva et tomba nez à nez avec Bianca.

— Je suis là ! s'exclama celle-ci d'un ton enjoué.

— Il est trop tard, lâcha Robin.

— Pourquoi ? lança la jeune fille avec étonnement. Je n'ai que cinq minutes de retard.

— Tu n'avais pas besoin de te déplacer, ironisa-t-il. Je vais faire *tout* le travail, comme d'habitude.

— Mais... J'ai préparé ma partie des résumés comme tu me l'avais demandé, balbutia-t-elle.

Robin haussa les épaules avec nonchalance et laissa l'adolescente en plan, au milieu de la cafétéria. Plus loin,

Brindille peinait à retenir Caboche, qui se débattait, les poings crispés.

— Laisse-moi! Je vais aller lui faire bouffer de la soupe aux dents!

— Non, Caboche! Calme-toi!

Une fois qu'il eut recouvré son sang-froid, Brindille le relâcha. La mine revêche, le garçon ramassa son lunch et sortit.

— Mais qu'est-ce qui lui prend à Robin? murmura Brindille pour elle-même.

— Et moi, qu'est-ce que je lui ai fait? se plaignit Bianca.

— Eh bien toi, tu le méritais depuis longtemps! répliqua Brindille les mains sur les hanches. Combien de fois as-tu évité des devoirs en profitant de Robin?

— Hé, c'est la zizanie ou quoi? Pourquoi es-tu contre moi?

— Je déteste les filles qui jouent les victimes ou qui séduisent pour obtenir ce qu'elles veulent! Même si elles défendent les meilleures causes du monde.

— Je... je...

Sous le regard intense de Brindille, Bianca baissa le nez. Nerveuse, elle jouait avec la courroie de son sac.

— Tu as raison, mais ce n'est pas ce que tu penses, avoua à regret Bianca avant de partir à son tour.

▲ ▼ ▲

Cet après-midi-là, Robin sortit en courant de l'école dès que le timbre annonçant la fin des cours résonna. Un grand sourire se dessina sur ses lèvres lorsqu'il découvrit Océane qui l'attendait sur le parvis.

Coiffée d'un béret, la jeune fille semblait contrariée. Très contrariée.

— Salut !

— Salut, lâcha-t-elle avec une moue.

— Qu'y a-t-il? s'enquit Robin.

Océane retira son chapeau. Ses longues tresses avaient été coupées et ses cheveux ne formaient plus que des pointes hérissées de différentes longueurs. Robin s'étouffa et tenta de masquer son désarroi, la main sur la bouche.

— C'est arrivé cette nuit, expliqua la jeune fille. Je dors toujours la fenêtre ouverte, mais je ne comprends pas comment quelqu'un a pu grimper là-haut sans bruit ! En plus, mon oreiller était couvert de suie.

— De suie ? murmura Robin, confus. Tu as des ennemis?

— Peut-être...

Océane remit son béret. Elle changea d'expression et enlaça Robin.

— J'aimerais bien revoir la serre de Célestin ce soir.

Robin sembla surpris et déçu par cette proposition.

— Pourquoi?

Le visage à quelques centimètres de celui du garçon, Océane sourit.

— C'est trop fascinant! Tu veux bien, mon petit Robin en sucre?

— Euh... Je... Bien, pourquoi pas? répondit-il, envoûté.

Avec un air ravi, l'adolescente entraîna Robin à sa suite d'un geste joyeux.

Plus loin, derrière un parapet, Caboche avait attendu Robin à la sortie de l'école afin de le confronter. Et peut-être de lui faire voir quelques étoiles. Il avait donc suivi l'énigmatique scène qui venait de se dérouler tout près.

— Mon petit Robin en sucre? répéta-t-il, éberlué.

Mais il ne souriait pas.

Voilà ce qui se passait. Robin s'était fait de meilleurs alliés pour l'aider à devenir guérisseur. Et cette grande snob d'Océane Lazure était sans doute beaucoup plus agréable et utile que lui pouvait l'être.

Caboche aurait bien voulu se délier les poings, mais il n'en ferait rien. Le mélange de sentiments entortillés dans sa poitrine l'en empêchait. Il enfonça ses mains dans ses poches et, d'un pas traînant, prit la direction opposée à celle de Robin. Et, contrairement à son habitude, il ne bouscula même pas les jeunes élèves du primaire sur son passage...

Ce soir-là, Esther trouva un air absent à son fils. Appuyée au comptoir, elle observait ses moindres mouvements tandis qu'il mangeait son repas avec des gestes d'automate. Robin n'avait pas protesté devant le potage aux lentilles vertes ni la salade de quinoa. Il n'avait pas nargué Laurie ni tiré ses lulus. Ses émotions habituellement exaltées semblaient au beau neutre. Pourtant ses yeux vitreux et cernés trahissaient une phase difficile.

— Ça va, Robin? s'inquiéta Esther.

— Oui.

— Il y a quelque chose dont tu aimerais me parler?

— Non.

Robin continuait de mastiquer doucement et portait la cuillère à ses lèvres d'une façon mécanique. Esther ne fut pas rassurée par la réponse du garçon. Elle tourna un air interrogateur vers Richard, mais celui-ci avait le nez piqué dans son journal.

— Ils disent qu'il y a une hausse incroyable de vandalisme écologique dans le quartier, raconta-t-il.

— Du « vandalisme écologique »? répéta Esther, étonnée.

— Oui, le reportage dit qu'il y a une sorte d'éco-terroriste qui arpente le quartier et qui sanctionne les délits environnementaux par toutes sortes de moyens.

— Comment fait-il ça?

— Hier, un commerçant qui arrosait à grande eau le trottoir devant son magasin s'est retrouvé avec un graffiti peint sur sa façade...

Robin cessa de mâcher.

— Un autre qui épandait du pesticide sur sa pelouse malgré l'interdiction a eu droit à un message enflammé dans son gazon. C'est sans compter les pneus crevés et autres délits des dernières semaines, continua Richard. L'activiste laisse toujours un message avec un logo...

Confus, Robin déposa ses ustensiles.

— C'est étrange, releva Richard en tendant le journal à l'adolescent, ce logo est identique au tatouage de ton amie Océane... Qu'est-ce que ça signifie?

— Je ne sais pas moi! rétorqua Robin, agressif. Es-tu en train d'insinuer qu'elle a quelque chose à voir avec ça?

Désarçonné, Richard sourcilla.

— Mais non! Je ne faisais que te demander ce que ce symbole représente! se défendit-il.

— Ce n'était qu'une question, Robin! renchérit Esther. Et ta copine semble plutôt radicale dans ses idées, alors...

— Elle a juste des convictions! On ne peut pas tous être terne et sans opinion... comme Richard, ironisa Robin.

Cette fois, Esther éclata.

— Robin Sylvestre, excuse-toi immédiatement! Et monte dans ta chambre pour le reste de la soirée!

Robin remua les lèvres, prêt à protester, puis se ravisa et quitta la pièce. Tandis que ses pas lourds résonnaient à l'étage, Esther porta un regard stupéfait vers Richard.

— Qu'est-ce qui lui prend?

— Moi je le sais, maugréa Laurie de sa petite voix flutée. C'est cette fille, Océane, qui l'a rendu complètement gaga!

▲ ▼ ▲

Furibond, Robin claqua la porte de sa chambre. À son grand dam, il trouva Lila assise sur son lit, le guettant de ses yeux noirs inquisiteurs.

— Qu'est-ce que tu fous là, toi?

Outrée, Lila réagit vivement.

— Quoi? Je n'ai pas été là de la nuit ni de la journée et ça ne t'a pas dérangé? Pas de «Lila, je m'excuse, je regrette, je suis un goujat», juste un air d'ours enragé pour m'accueillir? Tu mériterais que...

Robin la saisit dans son poing et l'approcha de son visage à l'expression fermée.

— Et qu'as-tu fabriqué cette nuit, Lila ?

— Qu'est-ce que tu penses ? Je... J'ai erré, en proie à tous les dangers, sans toit pour me protéger...

— Menteuse !

— Comment peux-tu me dire ça ? s'offusqua la fée.

— C'est toi qui as coupé les cheveux d'Océane, hein ?

Lila croisa les bras avec un air de défi.

— Tu n'as pas de preuve...

— À ma connaissance, personne d'autre n'a une dent contre Océane et n'est assez petit pour se faufiler dans une maison munie d'un système d'alarme en pleine nuit afin de s'exécuter incognito !

Il approcha la fée de son visage crispé par la colère.

— Et je te soupçonne de me cacher autre chose ces temps-ci. Je sens que tu ne me dis pas tout...

Robin ouvrit la fenêtre et poussa la fée dehors dans l'air frais d'octobre.

— Que fais-tu, Robin ? s'écria Lila, désespérée. Océane a l'esprit perfide ! Cette fille t'a ensorcelé et tu n'es plus maître de toi !

— Va-t'en et laisse-moi tranquille ! J'ai un rendez-vous ce soir et je n'ai pas besoin d'une fatigante qui me colle aux talons tout le temps !

La fenêtre se referma avec un bruit sourd. Lila martela la vitre de ses petits poings, mais Robin tira le rideau. La lèvre inférieure tremblante, Lila baissa les bras. Avait-elle été trop loin cette fois ?

Elle leva les yeux vers la lune. Où était son complice Robin, celui qui la réprimandait avec tendresse, celui qui l'épaulait dans son enquête, celui qui aspirait à être un guérisseur et à défendre les sylphes?

Quelques minutes plus tard, assise sur le rebord de la corniche, elle espérait encore que Robin reprenne ses sens et la laisse revenir à l'intérieur. Soudain, elle entendit la porte avant de la maison s'ouvrir à la volée. L'adolescent dévala l'escalier en quelques bonds et se hâta vers la rue.

— Robin Sylvestre! cria Esther sous le porche. Je ne t'ai pas donné la permission de sortir ce soir! Reviens ici tout de suite!

Il ignora les mises en garde de sa mère et s'enfuit dans la pénombre.

Lila survolait le quartier, se cachant parfois dans les arbres et esquivant la lumière éblouissante des lampadaires pour éviter d'être repérée. Évidemment, les gens l'auraient sans doute prise pour un papillon de nuit démesuré, pourtant elle préférait demeurer à l'écart. D'ailleurs, les chiens, eux, sentaient bien sa présence et jappaient sur son passage.

La fée avait peur. C'était la première fois qu'elle était laissée à elle-même depuis qu'elle avait traversé l'océan dans une boîte trouée et qu'elle avait atterri entre les mains de Robin. Elle avait bien sûr commis une petite incartade la veille en visitant Océane, mais elle était vite revenue chez Robin où elle avait trouvé refuge dans la remise de la cour arrière.

La libelline ne se sentait pas en sécurité parmi les humains et, d'habitude, elle n'avait confiance qu'en Robin. Hélas, ce soir elle devait trouver d'autres alliés.

Le murmure continu de la ville lui donnait la chair de poule. Les sirènes, les flashes de lumière et les voitures qui roulaient à toute vitesse l'effrayaient. Si elle avait déjà exploré la cité auparavant, c'était chaque fois dans le confort rassurant du sac à dos de Robin et jamais à nu comme ce soir.

La faim tenaillait aussi son estomac. Les seules choses qu'elle avait réussi à se mettre sous la dent étaient quelques rognures pas trop détériorées trouvées dans le bac à compost derrière la maison de Robin ainsi qu'une pomme subtilisée à un marchand qui sortait ses étals de fruits tôt ce matin, avant que les travailleurs n'envahissent les trottoirs.

Par chance, en scrutant les rues par l'interstice que laissait toujours Robin dans l'ouverture de son sac, elle avait réussi à s'orienter et était maintenant capable de localiser les chemins souvent empruntés par son ex-protecteur.

Au bout d'un long périple, elle repéra enfin l'endroit qu'elle cherchait. Une minuscule maisonnette de briques flanquée de part et d'autre d'immeubles. Elle piqua vers le sous-sol et trouva les fenêtres dissimulées derrière des arbustes.

Avec précaution, elle avança dans le gazon et colla son nez sur la vitre sombre. Y avait-il quelqu'un? De grâce, il le fallait!

Un rectangle de lumière se découpait dans l'obscurité et Lila vit apparaître une affreuse bestiole à la gueule de poisson-chat; Mika devait encore se taper un film d'horreur...

Elle frappa quelques coups sur la vitre et vit des silhouettes se démener dans l'obscurité. Après un moment, le visage sceptique de Suki fit miroir au sien. La crapaudine écarquilla les yeux et, avec l'aide de son frère, parvint à actionner le mécanisme coulissant de la fenêtre.

— Lila? Comment t'es-tu rendue ici? s'écria Mika.

— Robin m'a mise à la porte... murmura-t-elle en frissonnant.

— Quel ange gardien! ironisa Suki en lui déposant un petit édredon sur les épaules.

— Mais ce n'est pas ce que vous pensez ! Depuis hier, Robin est agressif, méchant et il se chicane avec tout le monde ! Il est méconnaissable et je crois qu'il a été ensorcelé !

— Par qui ? demandèrent les crapaudins en chœur, incrédules.

— Peut-être par Océane. Dites-moi ce que vous savez d'elle ?

— Rien, assura Suki. Nous l'avons à peine entrevue...

— Une fois, elle est descendue dans l'atelier et a fouillé dans les flacons. Adélaïde n'a pas du tout apprécié et lui a défendu de descendre au sous-sol.

— Elle ne voulait pas qu'elle vous voie ? demanda Lila.

— Pas seulement ça, reprit Suki. Elle a aussi mentionné qu'Océane « aurait accès à ces ingrédients uniquement lorsqu'elle aurait une formation adéquate et qu'elle serait capable d'en faire un usage responsable »...

— Adélaïde a toute une panoplie d'herbes et de formules très élaborées qui pourraient être dangereuses entre de mauvaises mains, expliqua Mika.

Lila réfléchit puis porta les mains à ses lèvres.

— Je crois que c'est ça !

Elle lâcha la couverture qui la réchauffait et refit le chemin vers l'extérieur.

— Lila, où vas-tu ? s'inquiéta Suki.

— Tu ne peux pas retourner dehors ! C'est trop hasardeux ! renchérit Mika, qui, d'un saut, la retint par le bras.

Avec un sourire reconnaissant, Lila se tourna vers les sylphes.

— Robin m'a tellement aidée quand j'en avais besoin, maintenant c'est à mon tour de lui porter secours... Merci pour tout !

Elle inspira un coup afin de s'insuffler un peu de courage et bondit vers le ciel couvert, se fondant dans la noirceur.

▲ ▼ ▲

Brindille planchait sur ses exercices de mathématiques et Réglisse dormait sur le lit quand des petits sons cadencés à peine perceptibles retentirent à la fenêtre. Le chien émergea immédiatement de son sommeil et appuya ses pattes contre le châssis en aboyant.

— Du calme, Réglisse, articula machinalement Brindille sans regarder.

Au début, elle ignora le caniche, convaincue que le vent poussait des branches contre la vitre. Mais puisque Réglisse continuait de japper et fouettait l'air de sa queue, elle obtempéra à son enthousiasme. Brindille se leva à contre-cœur, la solution à sa formule en suspens dans sa tête, et se pencha près de la vitre sombre.

— Ça doit être un écureuil, mon chien...

Dehors, la nuit sans lune brouillait les formes. Lorsqu'elle repéra deux petits yeux noirs dans un visage mauve, elle recula en hurlant. La seconde d'après, Brindille réalisa que ce regard lui était familier. Au grand plaisir de Réglisse, la jeune fille ouvrit sans tarder à la fée qui grelottait là.

— Mia ! Qu'est-ce qui se passe ? s'écria une voix au rez-de-chaussée.

Brindille signala à Lila d'entrer.

— Ça va, maman ! Réglisse s'est énervé pour un... un écureuil qui est passé près de ma fenêtre !

Brindille tendit l'oreille pour s'assurer que sa mère ne ferait pas irruption puis elle reporta son attention sur la libelline. Réglisse sautillait sur place et Brindille l'apaisa d'une caresse sur la nuque.

— Lila ? Qu'est-ce que tu fais ici ? Où est Robin ? Il n'est pas avec toi ?

Lila secoua la tête. Elle repéra une photographie de Brindille, Caboche et Robin épinglée au babillard et désigna ce dernier. Elle pointa ensuite la fenêtre avec insistance, l'expression furieuse. Brindille plissa les yeux, incertaine de comprendre les charades de la fée.

— Robin... Robin t'a mise... dehors ?

Lila saisit ce qu'elle disait et hocha la tête.

— Voyons ! Il ne ferait jamais une chose pareille ! Il tient beaucoup trop à toi ! affirma Brindille. Tu es certaine de ce que tu racontes ? Veux-tu que je te reconduise ?

Brindille mimait ses paroles avec les gestes les plus explicites possible. Lila soupira et secoua ses boucles noires avec exaspération.

La fée promena les yeux autour de la pièce et tenta de trouver un moyen d'exposer les faits à Brindille. Sur une étagère, parmi les trophées et les médailles sportives, elle découvrit une vieille poupée blonde datant d'une autre époque et la porta près de la photo. Elle montra le jouet puis Robin.

— Poupée... Robin? Je ne comprends pas...

Lila soupira. Ce ne serait pas facile. Elle virevolta dans la chambre, au-dessus de Brindille et de Réglisse ébahis, et empoigna une marionnette pour la traîner encore une fois près du cliché.

— Marionnette... Robin? Désolée, je ne vois toujours pas !

Lila se gratta la tête en quête d'idées puis tenta sa chance une nouvelle fois. Elle s'empara d'un livre dans la bibliothèque. Lila était capable de lire certains mots simples en les associant aux images. Le titre était *Océan*. La fée posa le bouquin près des autres éléments de son rébus. À l'aide d'un crayon, elle traça un «e» sur un *Post-it* et l'apposa à la suite du titre du livre.

Abasourdie, Brindille se concentra sur la devinette.

— Océan... e... marionnette... Robin...

La main sur le front, la jeune fille se répéta ces mots en tournant autour de son chien. Puis son visage s'illumina.

— Océane... manipule... Robin ? Océane manipule Robin !

Lila leva les bras au ciel en signe de victoire.

— C'est pour ça qu'il est aussi bizarre ces jours-ci ?

La fée acquiesça.

Brindille ne perdit pas une seconde avant de réagir : elle enfila vite des espadrilles et un anorak puis passa une laisse à Réglisse qui s'émoustilla à l'idée d'une marche improvisée.

— Mon Dieu ! On ne peut pas laisser Robin comme ça ! Il faut l'aider ! Tu sais où il est ?

Lila chercha sur le bureau. À l'aide d'un feutre fluorescent, elle encercla le mot rendez-vous dans l'agenda scolaire de la jeune fille.

— Il avait un rendez-vous, c'est ça ? Nous allons trouver de l'aide et après nous ratisserons la ville s'il le faut !

Brindille ôta la veste de laine de sa vieille poupée de chiffon et la tendit à Lila.

— Allons-y ! En espérant qu'il ne soit rien arrivé de grave !

▲ ▼ ▲

La moiteur du soir enveloppait les lampadaires d'un halo diffus. Sous leur lumière blafarde se faufilèrent trois silhouettes hétéroclites. Lila, Brindille et Réglisse se précipitèrent jusqu'à une maison à la façade plongée dans le noir. Impatiente, Brindille pressa la sonnette deux fois avant d'obtenir une réponse.

Caboche apparut enfin derrière le battant, l'air morose, même si la vue de Brindille adoucit un peu son regard. Content de cette visite, Réglisse nicha son museau dans la paume de Caboche pour le saluer.

— Chut ! Mon père dort, souffla Caboche en sortant sous le porche. Qu'y a-t-il ?

— C'est Robin ! Il faut l'aider !

L'expression de l'adolescent se ferma.

— Avec toute la boue qu'il m'a servie aujourd'hui, oublie ça !

Lila choisit cet instant pour surgir de l'anorak de Brindille et semoncer Caboche, voletant si près du visage du garçon qu'il dut reculer.

— Qu'est-ce qu'elle dit ? demanda Caboche.

— Si c'est ce qu'elle m'a raconté, Lila a découvert qu'Océane manipule Robin et que c'est pour ça qu'il avait un comportement aussi étrange ce midi.

— Tant mieux pour lui s'il a une *blonde*, mais je ne vois pas ce que nous pourrions faire pour empêcher ça.

Il tourna les talons.

— Écoute, je rentre... Déjà que je suis dans une mauvaise posture parce que je suis rentré à dix heures et demie l'autre soir.

Brindille lui agrippa le bras.

— Robin est ton ami à toi aussi et il a besoin de nous ! Tu sais très bien que ses paroles ont dépassé sa pensée aujourd'hui !

— Donc, tu n'as pas insinué que tu devais rédiger la recherche en français à ma place parce que j'étais trop stupide pour le faire? lui demanda-t-il en la fixant d'un regard intense.

Stupéfaite, Brindille ouvrit la bouche et songea à ses dernières conversations avec Robin.

— Mais non! Où as-tu pêché ça? Je n'ai jamais affirmé une chose pareille!

— Facile à dire...

— Voyons! Ce n'est pas mon genre! Comment dois-je te convaincre?

Un sourire canaille étira les lèvres de Caboche.

— Un bec et je serai convaincu.

— Quoi?

— Tu veux que je t'aide, oui ou non?

Brindille allait protester quand Lila tira avec insistance sur son capuchon pour signifier qu'ils perdaient de précieuses minutes afin de secourir Robin.

— Euh... bien... Oui, nous verrons, bafouilla-t-elle distraitement afin de faire diversion. Pour l'instant, il faut trouver

Robin et nous ne savons pas par où commencer !

— Je l'ai entendu parler avec *son* Océane cet après-midi. Elle voulait visiter la serre de Célestin ce soir, se rappela Caboche.

— Bingo ! C'est ça, le rendez-vous de Robin ! s'exclama Brindille à l'intention de Lila. Enfile tes souliers, Caboche, il faut se rendre à la boutique maintenant !

Caboche poussa avec précaution la porte de la clôture qui délimitait le terrain de Célestin. Celle-ci s'ouvrit sur la cour obscure avec un long grincement strident.

Les quatre compagnons se penchèrent dans l'interstice de la porte et examinèrent les alentours avec appréhension. Envahi de verdure hirsute et d'arbustes dénudés par l'arrivée de l'automne, le terrain prenait un aspect sinistre. Au milieu de cette flore endormie trônait la petite serre carrée munie d'un toit pointu. L'intérieur de l'abri de verre semblait calme.

— On dirait qu'il n'y a personne, murmura Caboche.

— Tu es certain d'avoir bien entendu ? s'enquit Brindille.

Réglisse se détacha du peloton et explora, reniflant l'allée jusqu'à l'arrière-boutique. Rassurée par la présence du chien, Lila survola les lieux, les yeux plissés dans la noirceur qui s'opacifiait. Brindille et Caboche s'avancèrent à leur tour, fouillant les moindres recoins du terrain et tentant de percevoir un quelconque mouvement dans le commerce.

— Pourtant je suis sûr de ce que j'ai compris ! grommela Caboche.

— Eh bien, on est peut-être arrivés malheureusement trop tard...

Ils sursautèrent quand Réglisse se mit à japper près de la serre. Les deux adolescents et la fée accoururent.

— Qu'y a-t-il, mon chien ? demanda Brindille.

Du museau, le caniche poussa une étoffe blanche aux pieds de sa maîtresse. Intriguée, Brindille déplia le vêtement.

— C'est une des combinaisons que nous utilisons pour entrer dans la serre ! constata Caboche.

— Robin ne l'aurait pas laissé traîner par terre, il fait trop attention aux choses de Célestin, dit Brindille. Bon chien, Réglisse !

Lila n'attendit pas l'aval des autres et pénétra vite à l'intérieur de la serre de Célestin à la recherche d'indices. La libelline effectua plusieurs tours de ronde ; à première vue, il n'y avait rien d'anormal, sauf peut-être cette tranquillité inquiétante qui régnait. D'habitude, les insectes bourdonnaient, les plantes s'agitaient et les bestioles émettaient des cris dans une cacophonie digne de la forêt amazonienne. Ce soir, pourtant, le silence était lourd. Tous semblaient se terrer dans leur coin.

Elle posa alors les yeux sur un cratère dans le sol. En scrutant la chose de plus près, elle nota que le terreau avait été fraîchement creusé. Or, c'était un sacrilège ! Comment Robin aurait-il pu voler une de ces précieuses plantes exotiques alors que son grand-père lui en avait donné la responsabilité ?

Déconcertée, la fée leva le menton et remarqua qu'un morceau de tissu blanc dépassait de la trappe d'une des dionées géantes. Lila tenta de le dégager, hélas, la plante carnivore ne céda pas son butin. Paniquée, elle alla quérir de l'aide.

Dehors, Réglisse continuait d'aboyer près de la porte.

— Qu'est-ce que tu veux me dire, Réglisse? lui demandait sa maîtresse.

Lila renchérit en gesticulant. Elle mima une pince avec ses mains et la montra en train d'étrangler.

— Robin est là-dedans? s'écria Caboche.

Omettant de passer des combinaisons, les deux adolescents s'élancèrent dans la selve sans prêter attention à leurs angoisses. Ils suivirent Lila jusqu'à la grande plante-piège.

Brindille tira sur l'étoffe tandis que Caboche essayait d'écarter les serres dentelées. Malheureusement, les feuilles demeurèrent fermées.

— Attends, j'ai une idée!

Caboche retourna à l'entrée et dégota, sur une des étagères, une bouteille de sirop à base de bouillon de bœuf que les dionées affectionnaient particulièrement. Il en versa dans une pelle – une cuillère à la dimension de la plante – puis revint sur ses pas.

— Ouvre bien grand, ma belle!

En humant l'odeur du mélange, la plante recracha une grosse masse visqueuse et saisit la pelle que brandissait Caboche. Brindille se jeta sur le repas régurgité qui s'avéra être Robin, roulé en boule ; il était évanoui mais heureusement en un seul morceau. Les adolescents le remorquèrent vite à l'air frais.

De la paume, Brindille essuya le visage englué de son ami. Lila désigna le nez du garçon avec frénésie.

— Il n'a pas l'air de respirer ! Tu connais les premiers soins ? demanda Caboche.

Brindille opina du chef et pinça les narines de Robin avant de souffler dans sa bouche.

— Hé ! C'est moi qui devrais être à sa place !

Agacée, la jeune fille ignora ces paroles et répéta les manœuvres de réanimation quelques fois sous le regard anxieux de Lila qui, hélas, ne pouvait rien pour ramener le souffle de Robin.

Enfin, au grand soulagement de ses amis, l'adolescent ouvrit de grands yeux ahuris puis il s'étouffa, pris d'une quinte de toux caverneuse. Il était à peine réveillé que Réglisse se jeta sur lui pour lui lécher le nez.

— Ça va ! Ça va ! rigola Robin.

Brindille l'aida à s'asseoir et le garçon s'ébroua.

— Depuis combien de temps étais-tu là ? s'enquit la jeune fille.

— Sais pas. Une chance que vous êtes venus...

— Et tu es normal maintenant ? demanda Caboche, les bras croisés.

Robin le dévisagea sans comprendre ; les événements de la journée étaient flous dans son esprit. Il se remit sur ses pieds, mal à l'aise.

— Euh... Qu'est-ce que j'ai fait au juste ?

— De un, tu m'as mise à la porte ! se plaignit Lila, perchée sur son épaule, les poings crispés.

— Lila, je... Je t'ai vraiment jetée à la rue ? bredouilla Robin.

— Tu n'as aucun souvenir ? dit Brindille.

Le garçon secoua la tête.

— Presque rien depuis hier soir. C'est comme si une partie de ma tête s'était endormie. Je me dirigeais vers la boutique de Célestin et Océane me suivait. Je lui ai dit ma façon de penser puis elle s'est mise à pleurer, je l'ai consolée et elle m'a...

Il rougit.

— Embrassé... Ensuite, plus rien.

— Plus rien? répéta Caboche.

— Lila avait donc vu juste! Elle m'a raconté que tu avais été ensorcelé! clama Brindille.

— J'ai toujours trouvé qu'Océane avait l'air d'une hypocrite, ronchonna Caboche. Mais pourquoi t'aurait-elle fait ça?

— Elle s'intéressait beaucoup à la serre, songea Robin tout haut.

Lila lui signifia qu'il y avait une énorme cavité dans le sol de l'orangerie. Les yeux de Robin s'agrandirent d'épouvante. L'adolescent s'élança alors dans la microjungle et poussa une exclamation de surprise quand il repéra un trou dans le tapis de verdure.

Décidément, sa situation allait de mal en pis. Océane s'était vraisemblablement jouée de lui dès le moment où elle l'avait abordé. Robin réalisait que chacune des manœuvres, chacun des compliments et des cajoleries de l'adolescente étaient effectués dans le but de servir ses sombres ambitions. Au début, il se plaisait à croire que cette fille l'appréciait pour de vrai, pourtant il aurait dû se douter que quelque chose clochait quand elle avait tenté de le séduire avec un baiser... si spontané !

Il se heurta le front du plat de la main ; il était trop idiot !

La silhouette imposante de la dionée le rappela à l'ordre. Car, en plus, Océane l'avait offert en pâture aux plantes carnivores pour se débarrasser d'un témoin gênant. Robin ressortit en catimini avant que la dionée repue ne s'éveille.

— Il manque la grosse fleur violette qui a craché ses gamètes il y a quelques semaines !

— Quel intérêt aurait Océane pour cette plante ? grimaça Caboche.

Lila se gratta la tête. Elle se lança ensuite dans une série d'explications que Robin soutint, le visage de plus en plus déconfit.

— C'est un organisme rare qui provient d'Adalbon et qui se nourrit de bitume, traduisit Robin. Sur l'île là-bas, il y a quelques petits gisements naturels où la plante pousse. Elle soigne certaines formes d'arthrite et d'ostéoporose et sa prolifération est contrôlée parce qu'elle peut devenir invasive.

— Du bitume? Comment Célestin réussissait-il à la conserver ici? demanda Brindille.

— Tu te rappelles, on mettait un peu de goudron dans la terre et ça l'alimentait longtemps, expliqua Robin.

Lila poursuivit son explication en gesticulant.

— Mais dehors, reprit Robin, dans une ville pleine d'asphalte, quel genre de ravages vous pensez que ça peut produire?

— C'est comme un tyrannosaure dans un buffet à volonté! dit Caboche. Ça va tout dévorer!

— Et quoi de mieux pour une militante radicale que de rendre les rues impraticables ! conclut Brindille.

La panique s'installa dans le petit groupe. Cette affaire prenait des proportions incroyables.

— Il reste à savoir où elle va planter cette fleur, continua la jeune fille.

— Je ne sais pas. Elle ne m'a rien dit de ses plans et, de toute façon, je n'étais même pas conscient ! se plaignit Robin.

— Quel endroit serait un point stratégique ? s'enquit Caboche.

Des pneus crissèrent dans la rue devant le commerce. Nerveux, les adolescents sursautèrent et se ruèrent devant la cour pour voir de quoi il s'agissait.

Une minuscule voiture s'était garée là, les roues juchées sur le trottoir. La portière s'ouvrit vivement et Adélaïde Bellefeuille en sortit, un fichu vert pomme noué sur ses cheveux. Elle arpenta la vitrine du « Mélange magique », le front barré d'un pli soucieux.

— Adélaïde ? Qu'est-ce que vous faites ici ? demanda Robin, méfiant.

Surprise, elle se tourna vers lui et le soulagement s'inscrivit aussitôt sur ses traits.

— Ah, Robin ! Comme je suis heureuse de te trouver, mon poussin ! As-tu vu Océane ?

— Elle est partie ! Elle m'a donné en pâture à l'une des dionées et elle s'est enfuie avec une des plantes de Célestin, une sorte de fleur qui se nourrit de bitume.

— La *floris bitumen* ! s'exclama Adélaïde en portant la main à sa bouche, les yeux écarquillés.

Elle désigna sa petite automobile.

— Vite, mes jeunes renardeaux, il n'y a pas de temps à perdre ! Il faut rejoindre ma petite-nièce avant que le pire ne survienne !

Robin hésita un peu et dissimula quelque chose dans un repli de ses vêtements.

— Inutile de cacher la fée, Robin, je suis au courant.

Le garçon tourna une expression ahurie vers ses amis.

— Comment est-ce que je peux savoir si vous êtes du bon côté ? Après tout, je n'en connais pas beaucoup plus sur vous que sur Océane !

— Célestin ne m'a-t-il pas recommandée ? J'ai toujours été son alliée et je suis la tienne aussi. Tu peux me faire confiance.

Lila s'échappa de son chandail.

— Je la crois, Robin ! dit la fée. Elle a donné refuge à des fées dans son sous-sol…

— Et tu ne me l'as pas dit ? demanda Robin, surpris.

— Tu n'as pas été très réceptif ces derniers jours ! répliqua-t-elle.

Encouragé par la libelline, Robin prit place sur le siège du passager. Brindille, Caboche et Réglisse s'entassèrent sur la banquette arrière, accueillis par deux petites créatures à la peau turquoise. Le chien aboya en guise de salutation, mais les crapaudins se retirèrent sur le tableau de bord, terrorisés par ce monstre noir et hirsute.

— Sauve qui peut! Il y a un cerbère dans l'auto! hurla Mika.

— Du calme! Tu regardes trop de films, Mika! Il ne vous veut pas de mal! le rassura Lila en surgissant dans l'habitacle.

Suki reprit son souffle.

— Désolée, Lila, mais mon frère n'a pas pu tenir sa langue, cette fois, et il a tout raconté à Adélaïde! Qu'est-ce qu'il ne ferait pas pour les beaux yeux d'une libelline...

— Je... Je... Et si un événement grave se produisait? bégaya Mika, sur la défensive.

— Il a bien fait, coupa Adélaïde.

— Maintenant que tout le monde a été présenté, est-ce que nous pouvons partir? s'écria Robin, impatient.

— Nous n'avons malheureusement encore aucune idée de l'endroit où a pu aller Océane, lança la guérisseuse.

— Ce que nous savons, c'est que ça ne doit pas être loin et que ça doit se faire à pied parce qu'elle transportait une plante assez imposante, affirma Robin.

— Et l'endroit doit avoir un maximum d'impact ! lâcha Caboche.

— Moi, je dis qu'elle est proche du centre-ville ! C'est là qu'il y a le plus de bitume et que son stratagème ira chercher le plus de visibilité ! conclut Brindille.

Les deux mains sur le volant, Adélaïde démarra en trombe et fila à plein régime en direction du centre-ville. La soirée était calme et la circulation, fluide, pourtant une petite voiture vint perturber le trafic, zigzaguant sur la chaussée, écartant les automobiles à coups de klaxon.

— Pauvre chouette ! J'ai bien essayé de déprogrammer Océane de ses idées radicales, raconta Adélaïde sans quitter la route des yeux. Mais ses convictions étaient trop fortes après avoir lu le livre de Philomène Portelance...

— Philomène Portelance ? J'ai déjà vu ce nom, murmura Robin.

— Elle a déjà été membre du Cercle des guérisseurs il y a longtemps. Ses méthodes étaient draconiennes et elle a fini par se mettre à dos presque tous les autres.

Philomène est ce qui se rapproche le plus d'une sorcière moderne et elle veut que la Terre reprenne ses droits!

— Et Océane, qu'est-ce qu'elle a donné à Robin pour qu'il se retourne contre nous? s'enquit Brindille.

— Si c'est ce que je crois, c'est un mélange de racines qui subjugue celui qui l'ingère.

— Elle m'a offert du thé glacé quand je suis allé chez elle, pourtant elle en a bu elle aussi, se rappela Robin.

— Non, ce n'est pas cela... Il n'y a qu'une infime partie de ce mélange qui est nécessaire et il doit être intégré à un corps gras pour être efficace. C'est habituellement administré sous forme de baume. On appelle cette formule « le baiser de l'araignée », expliqua la guérisseuse. Cette concoction laisse la victime dans un grave état de manque qui la soumet au joug de celui qui l'administre.

Robin se remémora le moment où Océane l'avait embrassé la première fois... et qu'elle s'était enduit les lèvres d'une pommade à l'odeur florale!

— Mais comment a-t-elle fait pour ne pas être affectée?

— D'après ce que je comprends, elle avait dû prendre l'antidote avant... Elle a très bien fait ses devoirs!

Un papier vint se coller au pare-brise. Adélaïde activa ses essuie-glaces avant de constater que la feuille arborait le sigle du triskèle qu'Océane avait de tatoué sur son bras gauche. Robin baissa la vitre et aperçut plusieurs de ces feuillets portés dans le vent. Caboche en saisit un au passage.

— « L'asphalte ne gagnera jamais contre la verdure! Cet avertissement a été imprimé avec de l'encre végétale sur du papier 100 % recyclé », lut-il.

La voiture franchit alors une saillie au milieu de l'avenue. Les passagers furent secoués et les sylphes catapultés de tous côtés. Projetée contre Caboche, Brindille se retira brusquement.

— Qu'est-ce qu'un dos-d'âne fait au milieu d'une artère principale? releva-t-elle.

Réglisse appuya cette question de plusieurs aboiements.

Les cahots se multiplièrent et la petite automobile fut remuée en tous sens. La route devint alors impraticable et Adélaïde éteignit le moteur. Hésitants, les occupants quittèrent l'habitacle. Dans l'asphalte à leurs pieds, des racines se propageaient comme des veines sous la peau, provoquant des cassures et soulevant des morceaux de bitume. Caboche secoua la jambe quand une tige voulut s'enrouler autour de son mollet.

— Ça grossit !

— Océane ne doit plus être loin, affirma Adélaïde.

Réglisse gambadait entre les branches qui surgissaient du sol, grognant et mordant celles qui l'assaillaient, tandis que Brindille tentait de retenir sa laisse.

Lila vint se placer sur l'épaule de Robin.

— Il faut absolument rejoindre Océane avant que la fleur ne crache ses gamètes ! Sinon, ce n'est que le début de l'invasion ! s'exclama la fée.

— Mais comment on fait pour empêcher la plante-mère de proliférer ?

Robin porta le regard en avant; sur plusieurs mètres, la rue était abîmée, parfois même défoncée, jusqu'au coin d'un important boulevard. C'était là qu'Océane avait dû poser sa bombe organique. Sans plus attendre, Robin sprinta dans cette direction.

— Vite ! Par ici ! hurla-t-il aux autres.

Comme dans une course à obstacles, il filait en sautant par-dessus les ramures qui lui barraient le chemin. Dans tout ce brouhaha, des tracts estampillés du triskèle continuaient de voleter un peu partout sous l'expression éberluée des gens qui sortaient sur les balcons et les perrons pour observer la scène. Des coups de klaxons et des crissements de pneus émanaient du trafic dévié par cet étrange phénomène. Arrivé au tournant de l'avenue, Robin ne put retenir une exclamation d'effroi devant la scène extraordinaire qui se déroulait devant ses yeux.

— Elle a peut-être un peu exagéré sur l'expression « Dites-le avec des fleurs », s'écria Lila, cachée derrière son épaule.

Sur le terre-plein du boulevard, une immense fleur mauve de près de deux mètres gonflait au rythme des battements qu'émettaient ses pétales refermés. Autour d'elle, ses tiges se répandaient comme les tentacules d'un kraken, agrippant tout sur leur passage, tordant les lampadaires et grimpant le long des édifices.

Océane observait le spectacle, fascinée, telle une pyromane devant un incendie dévastateur. La jeune fille souriait, car ce puissant déploiement végétal semblait bien au-delà de ses espérances. À cette cadence, la plante engloutirait

les rues du quartier avant la fin de la nuit !

Derrière elle, Robin laissa échapper un cri rageur.

— Océane !

Elle se détourna à regret et lui adressa une moue empreinte de dégoût tandis qu'il s'approchait d'un pas résolu, les poings crispés.

— Tu t'es servie de moi pour... pour... Te rends-tu compte ! Célestin avait confiance en moi... et en Adélaïde, bafouilla-t-il, incapable de bien traduire sa colère.

— Peu importe, la cause est bonne !

— Mettre la ville à sac est une bonne cause ? Tu es folle !

Le regard mauvais, elle le repoussa violemment des deux mains et il bascula sur le sol grouillant de branchages. Penchée au-dessus de lui, elle déclara :

— Et toi, tu n'es qu'un lâche, Robin Sylvestre ! Tu n'as pas le courage de tes convictions et encore moins celui d'agir. Tu crois, comme tout le monde, qu'il faut attendre que la Terre implose sous le poids des humains. Eh bien, ça n'arrivera pas si je peux l'empêcher !

Cloué au sol, Robin tentait de se dégager des tiges envahissantes.

— Cette plante a été mise sur la planète pour une raison et voilà maintenant qu'elle peut exprimer son plein potentiel !

— Il n'a cependant jamais été dans la nature de la *floris bitumen* de pousser ici, ma cocotte, affirma Adélaïde.

Océane releva le menton, décontenancée par la voix ferme de sa grand-tante. Robin profita du moment de surprise de la jeune fille pour lui faucher les jambes de son pied libre et la faire trébucher à son tour.

— Quoi que tu en penses, Océane, cette destruction n'est pas respectueuse de l'environnement, poursuivit la guérisseuse. Cette plante est autant une menace pour les habitats naturels que les voitures ou les cités ! As-tu songé à ce qui arrivera lorsqu'elle s'étendra hors de la ville ?

Robin se releva, aidé par Adélaïde. Soudain, Lila se dégagea des vêtements du garçon et se présenta sous le nez d'Océane, les paumes rougeoyantes et le sourire narquois.

— Peut-être qu'elle mérite mieux qu'une coupe de cheveux improvisée !

— Non, Lila, garde tes énergies pour la plante, lança Suki en bondissant sur le ventre d'Océane ligoté de racines.

— Cette timbrée ne sait pas quel fléau elle vient d'engendrer ! grogna Mika.

Les yeux d'émeraude d'Océane s'arrondirent devant l'étrange galerie de personnages qui venait d'apparaître.

— Qu'est-ce que… ? s'écria-t-elle en se débattant.

— Ils viennent du même endroit que cette plante… et ils ne sont pas contents ! rétorqua Robin.

Avec un rugissement qui fit fuir les sylphes, Océane réussit à se dégager de ses liens et à bondir sur ses pieds. Robin tenta d'agripper son poignet, mais Adélaïde le retint et la jeune fille en profita pour déguerpir.

— Laisse-la ! Pour l'instant, il faut trouver un moyen d'endiguer cette invasion.

Au tournant de la rue, la jeune fille jeta un dernier regard en arrière et lança:

— Je ne regrette rien ! Si c'est le seul moyen de faire entendre raison au monde entier, tant pis !

Le boulevard disparaissait graduellement sous une couche de végétation vorace et, au milieu, la fleur violacée continuait d'être animée par son énigmatique pulsation.

Plus loin, Brindille dénouait les tiges enroulées autour des pattes de Réglisse lorsqu'une branche la cueillit telle une vulgaire poupée de chiffon pour la transporter haut dans les airs. Le vertige la submergea quand la

Grrr!

plante la brandit à plusieurs
mètres du sol et
la jeune fille laissa
échapper un cri, elle
qui ne montrait pourtant jamais de peur.

Les yeux braqués au ciel, Réglisse jappait et mordait la branche maligne tandis
que Caboche tentait d'attraper la main
de Brindille au passage. D'un bond, il
réussit à la saisir mais fut soulevé à son
tour. Brindille chercha à l'empoigner
mais ses doigts glissèrent à cause des soubresauts qui agitaient la plante. Elle finit
par relâcher Caboche qui roula par terre.

— Trouve quelque chose pour sectionner la branche, hurla-t-elle.

Désemparé, Caboche regarda autour de lui : ils étaient au beau milieu de la ville, où se procurerait-il une hache ou un sécateur ? Il avait encore moins de chances de dénicher une scie à chaîne !

Puis il fouilla ses poches. Il y découvrit son habituel contenu : de la gomme à mâcher, un pansement adhésif, une série de pétards et une pochette d'allumettes.

— Viiiiiiiiiiiiiiiiiiiiiiiiiiiiite ! tempêta Brindille.

Caboche observa les quelques éléments qu'il avait sur lui, s'efforçant d'imaginer un lien entre ceux-ci. Il devait absolument prouver qu'il était bon à autre chose qu'à donner des coups avec sa tête et que son surnom désignait, malgré tout, une certaine forme d'intelligence !

Une idée fit son chemin.

— Réglisse ! Immobilise-moi cette maudite branche ! ordonna-t-il au chien qui continua de serrer la plante hyperactive entre ses mâchoires.

L'adolescent mâcha la gomme balloune jusqu'à ce qu'elle ramollisse et la posa ensuite le long de la tige. Il y enfonça les quelques pétards, fixa le tout avec son pansement adhésif et alluma les mèches. Enfin, il tira vivement sur la laisse de Réglisse pour l'éloigner de la plante.

Une suite de petites déflagrations crépitèrent. Sans se briser, la branche se débarrassa de sa charge d'une secousse et Brindille plana un moment telle une héroïne de *comic book* avant d'atterrir de plein fouet sur Caboche.

Écrasés l'un sur l'autre, ils mirent quelques secondes avant de reprendre leurs esprits. Brindille se redressa alors d'un sursaut.

— Merci. C'était bien pensé, murmura-t-elle du bout des lèvres.

Robin les rejoignit alors en courant.

— Les sylphes m'ont expliqué que ça prend de l'eau salée pour empêcher la fleur de répandre ses racines plus loin dans la rue !

— Mais où est-ce qu'on va trouver ça ? On n'est pas au bord de la mer ! grinça Caboche.

— Il y a des épiceries...

— Ils ne vendent pas ça, voyons ! À moins de les acheter séparément, déclara Brindille.

Robin faisait les cent pas au milieu de la chaussée encombrée. À cet instant, l'odeur d'un restaurant à proximité vint lui chatouiller les narines et lui donna une illumination.

— Voilà ! C'est ça, s'écria-t-il en désignant le commerce.

— Un restaurant de *smoked meat* ? dit Brindille. Je ne vois pas ce que la viande fumée accomplira...

— Pas la viande, les cornichons ! Ils trempent dans de la saumure et la saumure, c'est salé, précisa Caboche, fier d'avoir saisi.

Les trois adolescents et le chien s'élancèrent sans tarder vers le restaurant *Frank's*. À l'intérieur, le propriétaire surveillait avec appréhension le déroulement des événements. Robin fit irruption le premier.

— Monsieur ! Ça nous prend toutes vos marinades !

L'homme, coiffé d'un chapeau de papier à l'effigie de son commerce et vêtu d'un tablier blanc taché, jeta un regard incrédule au petit groupe. Réglisse, lui, aboyait contre une tige qui tentait de s'infiltrer sous la porte.

— What? De quoi parlez-vous? demanda-t-il avec un accent.

— En théorie, l'eau salée peut arrêter la croissance de cette plante ! expliqua Brindille.

— Sinon, votre resto ira littéralement aux orties ! ironisa Caboche.

— *Are you sure ?*

Le sexagénaire gratta sa moustache, étonné par la requête. Il attrapa un des nombreux pots alignés dans la vitrine.

— *Let's try then !* s'exclama-t-il.

M. Frank ouvrit la porte et versa un peu du contenu de son récipient sur les racines qui cherchaient à se faufiler à l'intérieur. Au contact du liquide verdâtre, la plante se rétracta instantanément et se ratatina, comme desséchée.

— *By gosh! It's working! Hey*, Dany, va me chercher les barils qui sont dans la cuisine !

Un jeune employé à casquette se pressa à l'arrière du restaurant. Le propriétaire distribua ensuite des contenants aux trois adolescents et ils formèrent vite une chaîne humaine, aspergeant les racines envahissantes qui stoppaient leur course dès qu'elles atteignaient la rivière de saumure.

Lorsque l'employé se présenta avec un tonneau rempli de cornichons, Robin le dirigea un coin de rue au sud.

— Si on verse ça tout autour, la plante va arrêter de s'étendre !

— *What's going on?* demanda le restaurateur concurrent d'en face, chassant une branche importune à l'aide d'un balai.

— George ! *Quick !* Sors tes *pickles*, ça marche !

Le compétiteur parut sceptique sur le coup, pourtant lorsqu'il vit les adolescents s'exécuter avec succès, il mit la main à la pâte à son tour, aidé de ses employés. Les épiciers et les occupants des appartements des étages au-dessus s'ajoutèrent dans une cacophonie d'ordres lancés et de recommandations hurlées.

Bien vite, à force d'entraide, la zone sinistrée fut cernée et la *floris bitumen* cessa son expansion destructrice dans une odeur acide de marinades de toutes sortes.

▲ ▼ ▲

Au centre de ce chaos, Adélaïde concertait un plan d'attaque avec les sylphes. La rupture des pétales était imminente. Si la fleur rejetait son nuage de gamètes, la catastrophe prendrait une ampleur incommensurable et l'invasion serait presque incontrôlable.

Le regard anxieux de Lila délaissa la plante monstrueuse pour se reporter vers Adélaïde.

— Il n'y a pas moyen de la faire exploser? Une grenade ou un cocktail molotov ne pourraient effectuer le travail?

— Non, cela aurait la même conséquence que l'éclosion. Les graines seront projetées partout même si une déflagration tue la fleur-mère!

— Que doit-on faire alors? demanda la fée.

— Cela nécessite un cercle d'énergie négative.

— Un cercle...? Mais je ne sais pas comment produire ça! J'ai réussi à créer un cercle d'énergie vitale une seule fois et j'ai eu l'aide de dizaines de sylphes! Je doute de ce qu'on va accomplir à trois!

— Tu dois essayer, Lila! l'implora la guérisseuse. Même si elle est mince, c'est notre seule chance, ma puce!

— Il doit bien y avoir un autre moyen de... commença Mika.

Adélaïde secoua la tête.

— Pas vite comme ça, malheureusement! Je n'ai pas de formule sous la main pour contrer une telle calamité!

— Si nous y parvenons, ça va nous siphonner toute notre vitalité ! fit remarquer Suki, inquiète.

Mika lui tendit la main.

— Essayons, petite sœur, dit-il, l'air triste. Après tout, peut-être que nous n'avons pas été emmenés jusqu'au monde des humains pour rien...

Avec un soupir, Suki accepta de suivre son cadet. En sautillant, les crapaudins grimpèrent vers le sommet de la fleur mauve avec de petits bonds déterminés. Avant de les suivre, Lila regarda derrière elle, le cœur serré. Ce n'était pas la première fois qu'elle était mise à l'épreuve, pourtant elle n'avait jamais eu autant d'incertitudes.

Au loin, elle vit Robin diriger les opérations avec une volonté inépuisable. Près de lui, ses amis y mettaient autant d'efforts : Brindille s'affairait à épandre la saumure sur la chaussée tandis que Réglisse mordillait les pousses persistantes et que Caboche éloignait les branches mortes avec une pelle. Tout autour, les citoyens du quartier se mobilisaient dans cette corvée inattendue.

Les mains jointes, Adélaïde l'encouragea d'un geste du menton.

— Il n'y a que toi qui puisses nous aider...

Lila reporta son attention en haut de la plante et prit son envol.

Elle ne pouvait décevoir Robin.

Avec des regards incertains, les trois sylphes unirent leurs forces et formèrent un cercle à la cime de la *floris bitumen*. Les doigts entrelacés, ils entamèrent une incantation et leurs murmures s'élevèrent en un chant féérique. Entre eux prit naissance une lueur chatoyante.

Dans la rue, les gens levèrent la tête, intrigués par cette étrange lumière qui provenait de la plante fabuleuse.

Les mains soudées, les sylphes continuaient de psalmodier de plus en plus rapidement leur sortilège. Lila sentait son énergie vitale la quitter doucement, mais elle s'accrocha, ignorant la fatigue qui la submergeait. La mâchoire crispée et les yeux fermés, elle s'entêtait à répéter sa formule. Épuisé, Mika ouvrit un œil et observa la réaction de la fleur sous lui.

— Ça ne marche pas, maugréa-t-il d'une voix rauque.

— Mettez-y plus de cœur! Il faut y parvenir! ordonna Lila.

— Mais... Je n'en peux plus! s'écria Suki, à bout de souffle.

Les yeux de la crapaudine semblaient s'être creusés de cernes noirs en quelques minutes. Son frère était blême, au bord de l'évanouissement. Des larmes surgirent aux coins des paupières de la libelline: non, elle ne pouvait pas échouer!

Le halo au centre faiblissait, perdait de son intensité.

Au moment où Lila allait abdiquer, à bout de forces, une main rêche et chaude se posa sur son épaule. Lila battit des cils, confuse et étourdie. Dans son champ de vision apparurent de nulle part des êtres d'une pâleur fantomatique, aux corps grêles et élancés. En observant de plus près, il était évident qu'ils étaient – ou avaient déjà été – des sylphes. Pourtant leurs ailes avaient été remplacées par des mécanismes de bois et de tissus rigides qui produisaient un bourdonnement hypnotisant.

— Si vous nous faites une place, nous vous aiderons, chère Lila, susurra une voix à l'oreille de la libelline.

À la mention de son nom, la fée tressaillit. Troublée, elle chercha des yeux celui qui avait prononcé ces paroles. Un personnage énigmatique prit sa main dans la sienne. Le teint crayeux et les cheveux foncés en bataille, il arborait un sourire envoûtant et un brin moqueur, déformé par des canines trop longues. Bien qu'il ne lui inspirait pas trop confiance, Lila ne pouvait se résoudre à détacher les yeux de lui.

— Ce sont eux ! Les sylphes des souterrains ! s'exclama Mika.

— Ne te laisse pas... commença Suki, coupée abruptement.

Ils furent entourés par des dizaines de ces inquiétantes créatures qui entamèrent à leur tour l'incantation dans un chuchotement monocorde et inquiétant. Un instant déconcentrée, Lila reprit ses sens et mena l'opération, étant la seule libelline du groupe.

Méfiants, Mika et Suki s'allièrent aux autres malgré eux.

Les mots chantonnés atteignirent vite un crescendo et l'éclat entre les sylphes devint aveuglant. Un éclair se produisit alors et se termina sur un étonnant coup de tonnerre. Sous la force de l'impact, les sylphes furent éparpillés un peu partout, aux quatre vents.

Lila se réveilla étendue dans la ramure et vit la fleur mauve s'affaisser, molle et sans vie, avant même d'avoir pu relâcher ses gamètes. Presque aussitôt, ses tiges et ses branches s'écrasèrent au sol, flétries.

Un visage se pencha alors au-dessus de Lila et replaça une mèche qui barrait sa joue.

— Bien joué, la libelline ! Vous êtes toujours super efficaces... et super mignonnes, lâcha le sylphe aux longues canines.

Il se redressa et sourit. Lila remarqua qu'il lui manquait un morceau du pavillon de l'oreille droite.

— Qui êtes-vous ? s'enquit-elle en reculant.

— Tu le sauras bien assez vite ! Et ne t'inquiète pas, nous nous reverrons très bientôt, dit-il en lui soufflant un baiser insolent.

D'un élan, il s'envola en battant de ses ailes mécaniques. Lila n'eut pas le temps de se relever que Mika se ruait sur elle.

— Ça va, Lila ? Ils ne t'ont rien fait ? Tu es intacte ? s'écria-t-il en lui secouant les épaules.

— Oui, oui...

— Laisse-lui un peu d'air, gros balourd ! Tu vas l'étouffer ! intervint Suki.

Encore abasourdie, Lila chercha des yeux le sylphe ténébreux et son regard se posa sur la silhouette d'un homme qui se tenait au bout de la rue. La lumière jaune d'un lampadaire l'éclairait à contre-jour, c'est pourquoi elle ne pouvait distinguer sa physionomie.

Lila plissa les paupières. L'individu semblait vêtu d'un long imperméable en loques et un chapeau cabossé était enfoncé sur son crâne. Près de lui planaient des sylphes, mais de loin, ça aurait pu être une nuée d'insectes nocturnes.

Adélaïde s'avança vers lui, les lèvres pincées et l'expression sévère.

— Dois-je vous remercier, Onézime?

Les épaules de l'homme furent secouées. Riait-il?

— À votre choix, chère Adélaïde.

La voix était caverneuse, sinistre.

— Qu'est-ce qui vous a poussé à sortir de votre repaire? poursuivit la guérisseuse avec ironie.

— Là où je vis, je ressens le pouls de la ville en permanence... Et je ne voudrais pas que mon havre soit mis en péril par une *floris bitumen*.

— Je vois. Et qui sont ces êtres qui t'accompagnent?

— Mes amis.

Avant qu'Adélaïde puisse répliquer, les sylphes se mirent à tournoyer de plus en plus vite autour de l'individu. Bientôt,

il devint impossible de le discerner et
quand le tourbillon se dissipa, il n'y avait
plus personne.

Adélaïde secoua la tête avec un soupir irrité. Elle semblait s'attendre à cette disparition spectaculaire.

— C'est lui ! C'est le type qui nous a traînés dans les souterrains ! murmura Mika.

« Onézime Sanscartier. Le quatrième guérisseur sur la liste du Cercle... » songea Lila.

Intriguée par la scène qui s'était déroulée plus loin, la fée avait hésité un instant à pourchasser le vagabond pour obtenir les réponses qu'elle convoitait depuis des mois. Hélas, elle était encore sonnée par l'expérience psychédélique que lui avait procurée le cercle d'énergie négative et s'était résignée à croire le sylphe aux dents de vampire sur parole : elle retrouverait d'ici peu Onézime Sanscartier et sa troupe. Comment ? Eh bien, l'avenir saurait le lui dire...

▲ ▼ ▲

Lorsque Robin fut ébloui par le flash de lumière, le pot de cornichons qu'il tenait se fracassa sur le sol. Inquiet, l'adolescent accourut en direction de la plante.

— Lila ! souffla-t-il.

Au milieu du fouillis végétal qui avait poussé sur l'asphalte, il chercha avec anxiété la petite libelline. Tandis qu'il creusait les racines et les branches sur le sol, il sentit quelque chose striduler près de son oreille. Il leva la tête et se retrouva en face d'un sylphe blême aux ailes mécaniques.

— Sa place est parmi nous, pas avec toi, murmura-t-il, l'air malveillant. Fais-toi à l'idée.

— Mais que...

La petite créature vampirique reprit son vol et, plus loin, fut happée par le vortex qui s'était formé autour d'un mystérieux vagabond. Quand Robin réalisa de quoi – ou de qui – parlait le sylphe, ses yeux s'arrondirent.

— Lila! s'écria-t-il encore une fois en courant en direction de l'itinérant qui s'effaçait peu à peu.

Robin arriva trop tard : il ne restait plus qu'un nuage de poussière à l'endroit où se tenait l'individu un instant auparavant. L'adolescent gesticula un instant, tâtant l'air avec frénésie, essayant d'élucider le subterfuge. Paniqué, il se tourna vers Adélaïde.

— Où est Lila?

La fée apparut prestement sous ses yeux.

— Je suis ici! Et arrête de crier comme un perdu sinon les gens vont me voir!

Soulagé, Robin la saisit entre ses mains.

— Tu n'es pas allée avec eux?

— Bien sûr que non! De quoi parles-tu?

— Je... Je m'excuse, Lila! Je le sais, j'ai été négligent avec toi ces derniers temps. Je vais m'améliorer, je te le jure! déclara Robin.

— Et à quoi dois-je cette incroyable prise de conscience? le nargua la fée. Sans blague, je vais essayer d'être un peu plus autonome moi aussi... et ne pas me fâcher chaque fois que tu invites des amis. Surtout des filles.

Le sourire de Robin se décomposa.

— Parlant de fille, il faudrait retrouver Océane !

— Elle a dû retourner chez elle, avança Adélaïde en invitant les crapaudins exténués à monter dans son sac à main. Nous devons la rattraper le plus tôt possible !

▲ ▼ ▲

Caboche regarda ses doigts ridés avec dégoût.

— J'ai l'impression d'être un vieux cornichon !

— Tu sens le vieux cornichon, aussi, rétorqua Brindille.

— Parle pour toi, l'échalote marinée !

Malgré elle, Brindille éclata de rire. Elle essuya son front du revers de la main : elle était recouverte d'un film de saumure.

— J'avoue que tu as raison...

Aux pieds de la jeune fille, Réglisse lapait le sol et croquait les marinades qui s'accumulaient sur la chaussée. Il grogna lorsqu'il tomba sur un jalapeño épicé.

— Je crois que Réglisse aura besoin d'un bain, lui aussi !

Le chien leva l'oreille, pas certain d'être content de son sort. Il oublia vite cet éventuel châtiment en recevant une grosse tranche de viande fumée chaude.

— *Wow ! What a night !* Je vois de tout au centre-ville, mais ça... Vous avez fait un incroyable travail, *kids !* Qu'en dites-vous ? Je vous offre des sandwichs aux frais de la maison ! *On the house !* proposa M. Frank.

Brindille et Caboche se consultèrent avec un sourire.

— Avec plaisir ! s'exclama l'adolescente.

— Mais je passerai mon tour pour les cornichons, précisa Caboche avec une grimace.

Tous rirent de bon cœur. L'atmosphère s'était détendue même si à peu près personne dans la rue ne pouvait s'expliquer le phénomène insolite qui venait d'avoir lieu et qui s'était terminé par un coup de tonnerre.

Robin se joignit à eux au pas de course.

— Hé, Robin! Qu'en dis-tu? Le proprio veut nous donner des *smoked meat* gratis!

— Pas le temps! Il faut retrouver Océane!

— Vite, mes canetons! Je nous conduis! lança Adélaïde en se pressant vers sa petite automobile.

La guérisseuse semblait très préoccupée par ce que tenterait ensuite sa petite-nièce après son tour de force incroyable.

Déconfit, Caboche se tourna vers le restaurateur.

— On peut avoir un bon différé pour nos sandwichs?

— Ah, Caboche, arrête de penser à ton estomac! grommela Brindille en l'entraînant vers la petite voiture.

M. Frank pouffa.

— *Anytime, kids!* N'importe quand, lorsque vous passez dans le quartier, je vous ferai *un* place au comptoir!

Adélaïde démarra à vive allure et fit demi-tour, louvoyant entre les nombreux véhicules de secours et les camionnettes des médias qui commençaient à arriver sur les lieux. Dans un curieux ballet, les tracts imprimés par Océane continuaient de virevolter un peu partout sur la chaussée déformée par les racines.

Quelle soirée ! La nouvelle se répandrait comme une traînée de poudre.

Robin se posait une panoplie de questions : qu'est-ce que les gens penseraient de cet événement invraisemblable ? Quelles conclusions tirerait-on des pouvoirs de cette *floris bitumen* qui avait atterri subitement en pleine ville ? Mêmes les scientifiques de ce monde ignoraient l'existence de cette plante ainsi que d'Adalbon, le monde des sylphes.

Le silence régnait dans l'habitacle – et aussi une odeur âcre – jusqu'à ce que la voiture freine devant l'imposante demeure de la famille Lazure. Dès qu'Adélaïde ouvrit la portière, une femme chic aux yeux bouffis par les larmes sortit de la maison et se jeta dans les bras de la guérisseuse avec un sanglot.

— Tante Adélaïde ! Océane est partie ! sanglota Suzie.

— Comment ? Que dis-tu ? s'écria Adélaïde.

Suzie déplia ses doigts crispés sur une lettre à l'effigie d'un triskèle.

— J'ai trouvé ça au début de la soirée ! Et j'ai appelé partout – ses amis, à l'école –, elle n'est nulle part ! Elle est en fugue !

Robin s'avança alors et saisit le papier.

Maman, Papa,

Je pars. Je vais rejoindre des gens qui me comprennent et qui veulent mener le même combat que moi. N'essayez surtout pas de me trouver.

Adieu

Océane

L'adolescent baissa les bras, l'expression éberluée. Ainsi la jeune fille avait tout planifié. Elle comptait déjà s'en aller avant de voler la *floris bitumen* et de l'implanter au centre-ville. Océane l'avait manipulé du début à la fin; il n'avait servi que d'accessoire à son coup monté et il n'avait rien vu.

Et qui étaient ces gens qui la « comprenaient » et auxquels elle faisait allusion dans son mot? Est-ce que cette spectaculaire histoire faisait partie d'un rite d'initiation pour intégrer un groupe d'illuminés?

— Je suis la pire mère que la Terre a portée! Je n'ai pas su l'écouter, je... se lamenta Suzie.

— Je ne crois pas, mon trésor, souffla Adélaïde. Je pense qu'il y a eu beaucoup de malentendus entre vous.

— Et tu ne sais pas où elle est?

— Non, mais je vais faire tout ce que je peux pour te la ramener!

Cette scène toucha Robin. Il avait jugé Suzie un peu durement la première fois qu'il l'avait rencontrée, convaincu qu'elle était superficielle et qu'elle se plaisait à être en opposition avec sa fille. Malgré les apparences, Suzie aimait sa fille. Elle l'aimait mal, mais elle l'aimait quand même.

Ce qui lui fit penser à sa propre mère. Esther devait l'attendre avec une brique et un fanal après sa sortie interdite de ce soir !

Robin aurait besoin de l'aide d'Adélaïde pour convaincre sa mère qu'il était complètement fou à lier, zinzin et tombé sur la tête pour défier son autorité avec autant d'arrogance... Autrement, il serait privé de mettre l'orteil hors de la maison jusqu'à ce qu'il soit en âge de posséder la sienne !

Le mardi suivant, une fleur en pot
sous le bras, Robin longeait les vitrines
d'une artère principale, amusé par les
grands titres des journaux après l'étonnante invasion végétale de la semaine
précédente. Les quotidiens sensationna-
listes criaient à l'apocalypse imminente
alors que les publications plus sérieuses
tentaient par tous les moyens scientifiques et technologiques possibles d'expliquer la mutation disproportionnée d'une
plante invasive. Le lien avait été établi
avec l'avertissement distribué par Océane

et on craignait être à l'aube d'une ère d'éco-terrorisme.

Robin gloussa. Si seulement ils savaient que l'extrémiste à la source de cette histoire était une fille de quinze ans et que cette épouvantable menace provenait d'une petite serre des horreurs au cœur de la ville...

D'ailleurs, Robin ne rechignait plus et prenait un soin méticuleux de l'orangerie ces jours-ci ; les plantes et bestioles à l'intérieur lui inspiraient à présent un immense respect. Il y avait là un pouvoir vraiment insoupçonné, car la majorité des espèces qui y étaient conservées

dépassaient l'imagination du commun des mortels. Robin avait donc le mandat de les protéger et il en mesurait maintenant l'importance.

Il traversa la rue d'un pas hardi et remonta le trottoir en direction de chez Adélaïde. S'il avait eu au départ des doutes au sujet de la guérisseuse, il comprenait maintenant pourquoi Célestin l'avait choisie. Elle n'était pas seulement humaine et chaleureuse, mais à l'instar de Mme Pavel, elle possédait des notions immenses et elle était digne de confiance. Ça et le fait qu'elle lui avait sauvé la vie en expliquant à sa mère son comportement cinglé lorsque Océane l'avait drogué. Il ne savait pas au juste ce qu'elle avait dit, si elle avait mentionné le baume du « baiser de l'araignée », mais Esther s'était tournée vers lui et avait hoché la tête avec un sourire entendu. Ah, les femmes ! C'était trop compliqué pour lui !

horreur!

eurs rues.

Exclusif!

La ville

Le début de l'ère de l'éco-terrorisme?

Il repéra Camélia qui marchait plus loin. La jeune fille lui adressa un salut timide. Son attitude distante montrait qu'elle était encore embarrassée par les commentaires acerbes d'Océane lors du dernier cours. Avant qu'elle ne s'engage dans l'escalier qui menait chez Adélaïde, Robin la héla.

— Camélia ! Attends un peu !

— Oui ? lâcha-t-elle un peu sèchement.

Robin baissa les yeux un moment, cherchant ses mots.

— Je... Je m'excuse pour l'autre jour. Je n'étais pas d'accord avec ce qu'Océane a dit. Tu dis peut-être des choses étranges des fois mais... tu ne me tapes pas sur les nerfs. Tu es *cool* au fond !

Ébahie, Camélia ouvrit la bouche sans parvenir à répondre.

— Tu me pardonnes ? murmura Robin, embarrassé par son silence.

Elle éclata de rire et lui sauta au cou.

— Bien sûr ! Il n'y a que les léopards fous qui ne changent pas leurs taches ! Sans rancune aucune !

Puis, sourire en coin, elle demanda :

— As-tu amené ton ami imaginaire aujourd'hui ?

— Non, elle avait du travail à faire à la maison.

— Elle ? Hum ! C'est encore plus intéressant ! fit-elle, intriguée. Dire que c'est moi que tu trouves bizarre... Et la fleur, c'est pour moi ?

— Euh... Bien, c'est que... C'est la plante de bord de rue que nous devions apporter comme devoir !

— Petit truc, Robin, ricana la jeune fille, si tu veux t'adapter à mon mode de pensée, il faudra que tu arrêtes de mordre à tous les hameçons que je te lance !

Les pommettes rouges, Robin roula les yeux au ciel. Cette fille avait le don de le désarçonner !

En entrant chez Adélaïde, une odeur alléchante les accueillit comme toujours. Robin posa son pot sur la table.

— De la chicorée, Robin ! Quelle belle trouvaille ! Où l'as-tu prise à ce temps-ci de l'année ? s'enquit Adélaïde.

— En fait, j'ai triché un peu, avoua Robin. Ma mère conserve un tas de ces mauvaises herbes chez nous !

Camélia lui assena une petite tape sur le bras.

— Je ne crois pas que tu devrais utiliser ici les mots « mauvaise » et « herbe » dans la même phrase !

— Avec ce que j'ai vu dernièrement... Oh que oui !

Adélaïde s'esclaffa, comprenant la référence.

— Les plantes ont chacune leurs fonctions et leur milieu naturel.

— J'ai manqué quelque chose ? demanda Alexis en franchissant le seuil de la cuisine.

— Non, mon cher ! Asseyez-vous, nous allons débuter le cours !

— Euh... Je ne peux pas rester aujourd'hui, intervint Robin. J'ai une obligation.

— Et Océane n'est pas arrivée, releva Alexis.

Adélaïde posa la main sur l'épaule de Robin et murmura.

— Vas-y avec l'esprit tranquille, mon trésor. De toute façon, aujourd'hui, je vais aborder de la matière que tu connais déjà. Mes autres apprentis méritent de connaître la vérité à propos de ce qui s'est déroulé au centre-ville et de la raison pour laquelle Océane ne reviendra peut-être pas tout de suite, termina-t-elle, les yeux tristes.

De connivence, Robin hocha la tête avant de quitter la maisonnette de la guérisseuse.

Depuis sa fugue, personne n'avait eu de nouvelles d'Océane. Sa mère, Suzie, et Adélaïde avaient sillonné la ville au complet le soir même de l'attentat, fouillant les abribus et inspectant même la gare, mais il n'y avait aucun signe de la jeune fille. Elle semblait s'être évaporée au milieu du chaos causé par la *floris bitumen*.

Océane n'avait pas d'ordinateur et ne communiquait par aucun moyen technologique, mais des lettres avaient été trouvées dans sa chambre, derrière sa commode; au cours de la dernière année, elle avait souvent communiqué avec Philomène Portelance, auteure de *Magie blanche, magie noire, magie verte* : les plantes et la sorcellerie moderne, son livre préféré. Ancienne membre du Cercle des guérisseurs, grande environnementaliste et véritable ensorceleuse, elle était la personne toute désignée pour comprendre la jeune fille ou lui laver le cerveau. Pour Robin, il restait donc à retrouver cette femme.

D'ailleurs, au fur et à mesure que se dévoilaient à lui les membres du Cercle des guérisseurs, il se doutait qu'un jour son chemin croiserait inévitablement celui de Philomène Portelance et, par la bande, celui d'Océane Lazure...

▲ ▼ ▲

À l'orée du petit bois près du terrain de l'école, Caboche attendait, les bras croisés. Brindille traversa la pelouse et s'avança vers lui, transportant un grand seau et un sac de produits de nettoyage. Elle était suivie de son éternel compagnon, Réglisse, qui folâtrait avec joie, chassant les monarques qui s'attardaient encore. D'un ton bourru, Caboche lâcha :

— Tu es en retard !

Dubitative, la jeune fille consulta sa montre.

— C'est plutôt toi qui es en avance ! Tu as ton matériel ?

Caboche ouvrit son sac à dos pour montrer une panoplie de chiffons et de vieilles serviettes.

— Robin et toi, vous m'embarquez toujours dans vos combines, grommela-t-il.

— Tu trouves que c'est une combine de participer à un lave-o-thon pour sensibiliser les gens à l'environnement ? C'est plus responsable que de détruire la moitié des rues d'un quartier ou de crever des pneus de camion, non ? ironisa-t-elle.

Piqué par le sermon de Brindille, il se détourna avec une moue contrariée.

— OK, OK, j'avoue, c'est vrai ! Mais vu que je suis parti de la maison l'autre soir sans parler à mon vieux, je suis privé de sortie le soir pour un mois ! C'est à cause de toi, ça... Et en plus, tu ne m'as même pas encore payé ta dette !

— De quoi parles-tu, voyons ?

— De ce bec que tu me dois !

— Quoi ? s'écria Brindille. Je n'ai pas promis ça !

— Ça va ! Je m'en doutais que tu bluffais... Tu voulais juste m'entraîner dans ton plan !

Frustré, il lâcha son sac sur le sol et pivota sur les talons pour partir. De son côté, Brindille fouilla sa mémoire. Avait-elle vraiment dit oui ?

Avant qu'il ne s'éloigne, elle le saisit par la manche et le força à se retourner. Elle agrippa fermement son collet pour l'attirer vers elle. Dès que ses lèvres se posèrent sur celles de ce gars qu'elle avait déjà considéré comme son ennemi juré, une foule de sentiments contradictoires se bousculèrent dans sa poitrine. Elle fut rappelée à l'ordre quand Réglisse approuva d'un aboiement joyeux. Brindille repoussa alors Caboche d'un geste brusque.

— Bon, voilà ! J'ai tenu parole. Et ne reparle plus jamais de cela ! Compris ?

Robin choisit cet instant pour apparaître, le visage fendu d'un large sourire.

— Salut! Vous êtes prêts?

— Oui, lâcha Brindille d'un ton glacial en ouvrant la marche vers l'école.

— Vous avez l'air bizarres... Qu'est-ce qui se passe?

— Rien, siffla Caboche, les joues en feu.

Interdit, Robin les rattrapa sans comprendre leur comportement louche. Au moins, il pouvait se consoler: il n'était pas le seul à rougir comme une tomate à la moindre émotion!

Dans le stationnement de l'école, Bianca et quelques amies s'affairaient à mettre sur pied le lave-o-thon. Elles n'étaient pas très nombreuses, cependant: personne n'avait l'air de prendre le projet parascolaire de Bianca très au sérieux. Penchée sur un carton de couleur fluorescente, crayon feutre à la main, la jeune fille parut surprise de voir Robin, Brindille, Caboche et Réglisse venir lui prêter main-forte.

— Nous avons apporté du savon bio-dégradable, des chiffons, des brosses et un boyau économiseur d'eau, énuméra Robin.

— C'est... super! Mais pourquoi? Je croyais que tu étais fâché contre moi, dit-elle.

— Bien... Désolé, je pense que j'ai un peu pété les plombs l'autre jour, s'excusa Robin. En revanche, ton idée de lave-auto pour sensibiliser les gens à l'environnement et aux océans est très bonne et on veut faire notre part!

Bianca battit des mains, contente. Robin sourit. Il comprit à ce moment pourquoi son cœur avait un moment balancé entre Océane et Bianca : les deux filles avaient pour point commun de grandes causes environnementales et s'y dédiaient même hors de l'école. Cependant, l'une était beaucoup plus radicale que l'autre. Et Robin savait à présent que cet extrémisme n'avait rien à voir avec la détermination. Bien que moins flamboyantes, les méthodes de Bianca pourraient se révéler plus efficaces à long terme…

— Super! Les gars, je vous mets en charge du nettoyage! s'exclama Bianca, enthousiaste.

— À vos ordres, chef! lancèrent en chœur Robin et Caboche avec bonne humeur, avant de se joindre au reste du groupe qui lavait sa première voiture.

— N'est-ce pas un peu ironique de nettoyer des autos pour sensibiliser à l'environnement? lâcha Brindille, sceptique, en observant la valse des chiffons savonneux sur la carrosserie. C'est comme d'encourager une des première causes de pollution, non?

Cette fois, Bianca ne broncha pas devant la critique.

— L'attentat de la semaine passée a montré que ce n'est pas en faisant disparaître les rues et les autos du jour au lendemain que nous allons régler quoi que ce soit. Ce genre de chaos crée juste d'autres problèmes. Maintenant, il faut tout reconstruire… Non, il faut plutôt encourager les gens à penser et à s'organiser autrement. Tu ne crois pas? demanda-t-elle.

Étonnée par ce discours, Brindille hocha la tête. Peut-être Bianca n'était-elle pas aussi cruche qu'elle ne l'avait d'abord cru...

— Veux-tu m'aider avec les affiches, Brindille? demanda alors Bianca.

Elle tendit son crayon. Brindille l'attrapa, les sourcils froncés.

— J'aimerais une formule joyeuse, surtout rien d'intimidant! recommanda Bianca.

— Pourquoi me délègues-tu cette tâche? N'es-tu pas la mieux placée pour écrire ton propre message – sans jeu de mots?

— Euh…

Le beau sourire de Bianca se figea.

— Est-ce que ceci a un rapport avec le fait que tu fais toujours écrire tes travaux par Robin? demanda Brindille avec intuition.

Embarrassée, Bianca baissa les yeux, à court de mots. Brindille était trop perspicace, elle ne pouvait lui mentir.

— Je suis dyslexique…

— Quoi?

— Je suis dyslexique! Grave. J'ai même de la difficulté à lire parfois. Ça me fait honte, raconta-t-elle à voix basse, sans relever la tête.

Bouche bée, Brindille fixa Bianca sans savoir quoi répondre. Cet aveu d'une fille qu'elle avait longtemps jugée totalement futile venait de la jeter au tapis!

— Veux-tu m'aider quand même? reprit Bianca, désemparée.

Remise du choc, Brindille sourit avec sincérité.

— Bien sûr! Dicte et j'écris!

▲ ▼ ▲

Dissimulée derrière le rideau, Lila regardait le crépuscule tomber par la fenêtre de la chambre de Robin. Il y avait des jours qu'elle était obsédée par Onézime Sanscartier et ses mystérieux sylphes. Bien entendu, ses recherches ne l'avaient menée nulle part et les renseignements fournis par Adélaïde ne l'avaient pas aidée à les retrouver.

La dame lui avait raconté qu'Onézime était un membre fondateur du Cercle des guérisseurs et qu'à l'époque il était un visionnaire, s'intéressant de près à la flore d'Adalbon. Il était alors devenu un ardent défenseur des sylphes, tant qu'un jour il s'était amouraché d'une fée. Il en était venu au point de vouloir, par un obscur moyen, se transformer en sylphe lui-même. La fée était alors disparue et il avait sombré dans une profonde dépression. Peu à peu, il s'était éclipsé du Cercle, désormais incapable de se mêler aux autres. Adélaïde croyait même qu'il avait fini par en rejeter le genre humain.

Cette idée fascinait Lila à peu près autant que le sylphe ténébreux qui l'avait abordée au moment où la *floris bitumen* s'était fanée. Elle en gardait un souvenir flou, pourtant elle ne cessait d'y penser: qui était-il et comment connaissait-il son nom?

Toutes ces pièces du casse-tête qu'elle tentait de résoudre commençaient à s'assembler dans sa tête: Robin lui avait raconté qu'Ulrich Abastor avait avoué s'être procuré les fées d'un homme énigmatique au visage couvert. Était-ce Onézime? Si oui, pourquoi celui-ci s'appropriait-il des fées et quelle était donc sa cause?

Lila devrait d'ailleurs inclure ces questions dans le prochain rapport qu'elle enverrait subtilement à Célestin par la poste ce soir...

Un cliquetis la tira de ses songes. Fidèle à ses habitudes, Robin entra en coup de vent dans la pièce et alluma la radio pour étouffer leur conversation.

— Salut!

— Robin! Pourquoi es-tu trempé?

L'adolescent déposa une assiette de fruits devant la fée et se jeta sur son lit en croquant une pomme.

— C'était le lave-o-thon de Bianca cet après-midi ! On a réussi à récolter au-delà de trois cents dollars !

Lila lui montra deux robes lilliputiennes.

— Je t'attendais pour avoir ton avis. Laquelle tu préfères ?

Robin grimaça.

— Lila, tu le sais ! Les guenilles, ce n'est pas mon département !

— Je ne te pose pas une question de physique nucléaire, idiot ! Juste une opinion !

— Bon. Dans ce cas, mets la rouge.

— Tu ne trouves pas qu'elle me donne l'air d'un sac ?

Exaspéré, Robin se passa une main lasse sur le front.

— Porte la bleue alors... Et d'abord, pourquoi te changes-tu ?

La fée s'envola vers son repaire dans le coin du garde-robe.

— Parce que je vais voir un film avec Mika ce soir !

Robin bondit de son lit.

— C'est quoi, l'idée ? Tu ne peux pas sortir, c'est trop dangereux, et quelqu'un pourrait te voir et...

— Je t'avais dit que je serais plus autonome ! De toute façon, nous étions des dizaines le soir de l'attentat et personne ne nous a vus ! Personne ne nous a mentionnées non plus, lança la libelline derrière son paravent en forme de livre écorné.

Soudain, on cogna à la fenêtre. Robin ouvrit et, à sa stupéfaction, un crapaudin entra.

— Salut, dit le sylphe en levant la main avec courtoisie.

Robin lui brandit un doigt menaçant sous le nez.

— Tu es mieux de me la ramener intacte et à une heure décente, mon gars ! Sinon, je te donne à manger à la dionée de mon grand-père qui a déjà pris pas mal plus gros que toi !

— Euh... B... Bien sûr...

— Ces paroles viennent du même gars qui m'a mise à la porte il y a quelques jours ! marmonna Lila en s'interposant.

Et quoi encore ? Tu vas me punir si je ne respecte pas le couvre-feu ?

— Fais attention, OK ?

Parée d'une petite robe aux paillettes bleutées, Lila sourit et posa un petit baiser sur la joue de son protecteur. Puis elle entraîna dehors son cavalier abasourdi.

— Arrête de t'inquiéter ! N'oublie pas que j'ai soixante-dix ans de plus que toi !

Avec un soupir, Robin observa les deux minuscules silhouettes se fondre dans la noirceur. Depuis la mise en garde que le sylphe d'Onézime Sanscartier lui avait faite, Robin avait un peu tendance à surprotéger Lila. Et à craindre qu'elle parte pour aller rejoindre ses semblables.

D'un geste agacé, il éloigna ces pensées négatives et prit place à son bureau pour composer une lettre qu'il aurait dû écrire depuis une semaine.

Salut grand-papa,

J'ai tellement de nouvelles à te raconter que je ne sais pas trop par où commencer.

Après ta recommandation, je suis entré en contact avec Adélaïde Bellefeuille. Au début, je n'étais pas trop sûr que je pouvais lui faire confiance, mais là je l'aime bien. Elle m'apprend comment diriger la boutique et a aussi permis à Brindille et à Caboche de continuer à nous aider avec les livraisons.

Mais tout n'est pas rose. J'ai rencontré la petite-nièce d'Adélaïde, Océane, dans mes cours, et j'ai découvert qu'elle était pas mal moins gentille que sa grand-tante. En fait, pour être franc, cette fille m'a complètement entirouapé parce qu'elle voulait voler la floris bitumen dans ta serre... Tu as peut-être entendu parler de ce qui s'est passé au centre-ville dernièrement ?

Je sais... Tu dois grimper dans les rideaux en lisant ça. J'ai été naïf... Imbécile même ! Pourtant, je te jure que je n'ai rien vu venir ! Océane a même trouvé moyen de me droguer pour arriver à ses fins!

Si ça peut te consoler, je paye déjà pour mes erreurs. J'avais crevé les pneus sur le camion du père de Caboche et j'ai dû aller lui expliquer. Puisque maman l'a déjà fréquenté, elle m'a accompagné parce que j'avais peur qu'il se fâche (Je sais qu'il brasse un peu Caboche des fois). Vu que j'ai eu le courage de le lui avouer, il a été très compréhensif et m'a demandé de faire le grand ménage de sa voiture pour me racheter. Caboche m'a même aidé parce qu'il connaissait l'histoire.

En tout cas, j'espère que tu ne décideras pas de me punir

trop fort. Je tiens vraiment à garder mon boulot à la boutique! Tu reviens quand, au juste?

À plus,

Robin xx

P.S.: Adélaïde m'a parlé un peu de Philomène Portelance, qui aurait possiblement accueilli Océane, et aussi d'Onézime Sanscartier. Qu'est-ce que tu peux me dire à propos d'eux? Et qu'est-ce qu'un personnage comme Onézime pourrait vouloir à Lila?

Cercle des guérisseurs

Circa 1974

Célestin Sylvestre

Nolana Pavel

Adélaïde Bellefeuille

Onézime Sanscartier

Isilbert Tranchemontagne

Séverine Courtemanche

Philomène Portelance

Zéphirius Brouillard

De la même auteure

Jeunesse

SÉRIE L'ARCHIPEL DES RÊVES

Où es-tu, Aurélie…, coll. Ado n° 46, La courte échelle, 2009.
Aurélie et la mémoire perdue, coll. Ado n° 36, La courte échelle, 2007.
Aurélie et l'île de Zachary, coll. Ado n° 35, La courte échelle, 2005, réédition 2007.
L'île d'Aurélie, coll. Ado n° 34, La courte échelle, 2004, réédition 2007.

Zeckie Zan, coll. Ado n° 38, La courte échelle, 2007.